Paul Savennac
L'Alcove de nos Rois
LES MAITRESSES
de FRANCOIS Ier
Illustrations Douhin
E. Bernard et Cie

N° 3

L'ALCOVE DE NOS ROIS

Les Maîtresses de François Ier

Par Paul Savernon

PARIS

E. BERNARD et Cie, IMPRIMEURS-ÉDITEURS

29, Quai des Grands-Augustins, 29

LES
Maîtresses de François Ier

I

INTRODUCTION

Sous le titre général de l'*Alcôve de nos rois*, je veux raconter les amours et galanteries des rois de France en m'attachant spécialement aux règnes de François Ier, de Henri IV, de Louis XIV et de Louis XV.

Ces quatres monarques se sont particulièrement distingués dans les jeux de l'amour. Tout en accomplissant de grandes choses, l'histoire véridique en fait foi, ils n'ont négligé aucune occasion de rendre hommage à la beauté.

Montaigne a dit :

« On aime à guetter les grands hommes dans les petites choses. »

Sans mettre sur le même pied les hauts et puissants seigneurs dont nous allons conter les aventures, nous parlerons de leurs concubines, de leurs maîtresses et de leurs favorites : ce sera le roman de l'amour et, en lisant, on verra que deux beaux yeux suffisent pour dominer celui qui domine, pour enchaîner celui qui ordonne.

Dans un ouvrage de ce genre, écrit d'après les documents les plus probants, il y aurait un regrettable oubli si on ne remontait pas les temps disparus, si on ne cherchait aux époques lointaines de la monarchie les traces de l'influence féminine sur les maîtres de la France.

C'est pour obéir à ce sentiment que j'écris un chapitre sur les femmes qui ont régné sur le cœur des rois en remontant à l'invasion de la Gaule par les barbares jusqu'au début de l'époque moderne qui date de l'avènement de François Ier.

L'épouse se voyait alors entourée de concubines qui la supplantaient; et toutes, livrées à la haine, poussées par la vengeance ou par le désespoir, conspiraient sans cesse l'une contre l'autre à l'aide du meurtre et par le poison.

C'est pour cela que l'histoire des deux premières races de nos rois est remplie de leur cruautés, de leurs trahisons et de leurs assassinats.

Des concubines, comme Frédégonde, par exemple, devenaient reines ; des rois s'alliaient, ou successivement ou au même instant, avec les deux sœurs, souvent les admettaient ensemble dans le même lit.

Les enfants de ces concubines se déclaraient la guerre ; les crimes se multipliaient, et la cour des monarques ressemblait à une ville assiégée et prise d'assaut.

Il faut tenir compte au christianisme et à sa morale des premiers et heureux changements apportés à ces usages car le peuple, plus honnête dans ses goûts, reçut avec empressement une institution qui commandait en quelque sorte le culte des femmes et qui s'inclinait devant la beauté vertueuse.

Mais, quelle que fût la noblesse de cœur des humbles, ils durent accepter les faits accomplis.

Quand il fut établi que le roi devait, de toute nécessité, avoir une maîtresse, l'avouer et la faire reconnaître, lui donner une maison, un rang, réunir auprès d'elle ses favoris et y appeler ses ministres, les courtisans voulurent guider son choix ou l'influencer, car le courtisan qui avait entraîné le roi pouvait prétendre à tous les honneurs et jouir d'une protection sans limites.

Dès lors, il se forma des factions pour détrôner une favorite ou pour consolider sa puissance. Les ambassadeurs même ne crurent pas au-dessous de la dignité de leurs maîtres de se montrer dans ces intrigues, et, plus d'une fois, une révolution dans le boudoir des princes en amena une dans l'Etat.

La cour devint le réceptacle des vices les plus honteux. La prostitution y régna bientôt en souveraine maîtresse. Les filles ou dames d'honneur, qui appartenaient aux familles les plus illustres, et que sous Catherine de Médicis on vit s'élever au nombre de deux cents, étaient comme autant de pièges tendus aux seigneurs et aux princes que cette reine voulait attacher à sa politique.

C'est dans Brantôme, témoin oculaire et très indiscret, qu'il faut chercher le tableau de tant d'impudeur.

L'historien Mézeray nous fixe, en citant les noms :

« Les mêmes vices, de l'impudicité, du luxe, de l'impiété et des abominations magiques, qui avaient régné sous Henri II, triomphèrent sous Charles IX : mais, outre ces dérèglements, la trahison, l'empoisonnement et l'assassinat devinrent si communs que ce n'était plus qu'un jeu que de perdre ceux de la mort desquels on devait tirer quelque avantage. Je ne parle pas de cette fureur meurtrière que la diversité des religions avait allumée dans les esprits des peuples de l'un et de l'autre parti. Avant ce règne, c'étaient les hommes qui, par leur exemple et par leurs persuasions, attiraient les femmes dans la galanterie ; mais depuis que les amourettes firent la plus grande partie des intrigues et des mystères d'Etat, c'étaient les femmes qui allaient au devant des hommes ; leurs maris leur lâchaient bride par complaisance et par intérêt, et d'ailleurs, ceux qui aimaient le changement trouvaient leur satisfaction dans cette liberté qui, au lieu d'une femme, leur en donnait cent. »

Henri III introduisit à sa cour un scandale de plus.

Jusque là, la prostitution avait été le partage des femmes : on la vit devenir aussi celui des hommes qui consentirent à se prêter aux goûts dépravés d'un prince deux fois roi, chef de ligueurs et déserteur de deux trônes.

Après le règne scandaleux des courtisanes, on eu le règne avilissant des *mignons*.

« Le fils de Catherine de Médicis, nous dit un annaliste, avait appris d'elle à faire d'excessives dépenses, et comme il avait quelque noble mouvement pour les grandes choses, il s'adonnait facilement à faire paraître sa somptuosité dans des pompes et des variétés qui avaient quelque apparence de grandeur. Ses favoris lui avaient mis dans l'esprit que tous les biens de ses sujets estoient à lui, et que la France estant une source inépuisable de richesse, il n'y avait point de prodigalité qui le pust incommoder. C'est une chose presque incroyable des sommes excessives dont il fit profusion, et des magnifiques badineries à quoi il les employait. Il joua et perdit pour un soir 80.000 écus ; il allait souvent en masque ; on le vit courir la bague en habit de damoiselle, avec tous les affignets d'une coquette. Il fit un festin entre autres où les femmes servirent à table en habits d'hommes et vestues de verd, tous les conviés ayant la même livrée ; et la reine sa mère lui rendit la pareille par un autre, où les plus belles de la cour firent le même office, ayant la gorge découverte et les cheveux épars. »

Au milieu de cette vie licencieuse, la dévotion, ou plutôt l'hypocrisie religieuse, ajouta ses propres excès à ceux-là. Le corps couvert de scapulaires, les mains chargées de chapelets, au sortir de la messe, on courait se vautrer dans la débauche.

Ainsi marchèrent les choses, s'altérant, se dégradant ou s'améliorant, selon le caractère du monarque, selon le plus ou moins de puissance qu'il accordait à sa maîtresse, selon l'esprit et le tempérament de ces dernières.

Dans un ouvrage comme celui que nous offrons au lecteur, et qui doit embrasser l'histoire de France jusqu'à la fin du règne de Louis XV, j'ai pensé qu'il ne serait pas superflu d'étudier tous les rois de France, au point de vue purement amoureux.

A partir de François Ier, je me propose d'énumérer toutes les intrigues qui se nouèrent et se dénouèrent autour du trône.

Childéric était un être qui, d'après Grégoire de Tours, ne mettait aucune borne à sa luxure. Il enlevait leurs filles à ses sujets si bien que ceux-ci le chassèrent en 481. Il eut une maîtresse célèbre, Bazine, qui aurait été une magicienne.

Clotaire, après avoir réuni en sa personne, toutes les parties de la domination française, termine une vie (562) qui, selon tous les historiens, semble avoir été un tissu d'adultères, d'incestes, de cruautés, de meurtres et d'horreurs. Quatre femmes, Arégonde, Chunsène, Gondiuque, Waldrade, jouirent tour à tour de sa faveur.

Clotaire II, qui eût été un héros de premier rang, s'il fut monté sur le trône dans des temps moins critiques, eût pour unique favorite Haldetrude, enterrée dans l'église Saint-Germain-des-Prés.

Théodebert, surnommé le Prince utile, s'énamoura, pendant sa conquête de la Gaule Narbonnaise, de

Denterie, femme du gouverneur de Béziers. A l'approche des troupes de Théodebert, Denterie, voulant rejoindre son mari, partit de son château. Prise par les éclaireurs de l'armée du prince, elle fut conduite jusqu'à sa tente : elle y resta.

Chilpéric Ier se donna tout entier à Frédégonde, environnée d'une horrible célébrité et dont le nom est inscrit en caractères de sang dans les premières pages de nos annales. L'histoire de cette princesse maudite est trop connue pour que nous y revenions ici.

Dagobert avait de très belles qualités : il était magnanime, courageux et libéral. Il fut pourtant accusé d'avoir beaucoup aimé les femmes, si bien qu'après avoir divorcé avec sa légitime épouse, il se maria plusieurs fois sans attendre la mort de ses compagnes. Quelques moines l'ont mis au rang des saints, mais c'était parce qu'il avait enrichi leur monastère, raison insuffisante pour vivre éternellement dans les calendriers.

Charlemagne eut cinq maîtresses dont le nom est parvenu jusqu'à nous : Himiltrude, Régine, Adélaïde, Madelgarde et Tersuinte. « Sa gloire serait sans tache si, comme nous le dit Mézeray, il n'eût eu de l'incontinence pour les femmes et trop d'indulgence pour la mauvaise conduite de ses filles. »

Pétrarque nous conte un véritable roman à propos d'une maîtresse anonyme du grand roi :

« Etant à Aix, dit le célèbre poète, j'y ai vu le tombeau de Charlemagne, monument respecté de toutes

les nations. On m'y raconta le fait suivant : Charles
étant devenu éperdument amoureux d'une certaine
femme, la gloire qu'il aimait, les intérêts de l'Etat,
tout ce qu'il avait de plus cher au monde fut sacrifié
par le héros à sa maîtresse. Il oublia tout pour elle,
il s'oublia lui-même, mais elle mourut quelque temps
après. L'empereur n'avait pas de véritables amis qui
ne fussent charmés de cette mort. Lui seul en parut
au désespoir ; rien ne pouvait le consoler, et ce qu'il
y eut d'extraordinaire, c'est qu'il ne pouvait se ré-
soudre à se séparer de l'objet de sa passion. Il em-
brassait sa maîtresse toute morte qu'elle était, et
même dans un état de corruption que personne ne
pouvait soutenir. Cette passion excessive, ou plutôt
furieuse, inspirait quelque chose de plus que de
l'étonnement à toute la cour. L'archevêque de Cologne, attaché à Charlemagne et très saint prélat, quoique à la cour, employa inutilement tout ce que la
nature et la raison offrent de consolations. Charles,
obstiné, était toujours dans les pleurs, toujours attaché au corps de sa maîtresse. Le bon prélat adressa
ses prières à Dieu qui lui révéla ce qui entretenait la
passion désordonnée de l'empereur. Il s'approcha
lui-même du corps de la défunte et, lui ouvrant la
bouche, y trouva une pierre enchâssée dans un anneau. C'était, dit-on, un talisman, le charme qui
attachait le prince. L'amour de Charles pour sa maîtresse disparut à l'instant. Elle fut inhumée, et l'archevêque de Cologne, pour ce même anneau, s'attira
toute la tendresse du monarque, qui ne pouvait plus

s'éloigner d'auprès de lui. Instruit par son expérience, l'évêque, qui craignait que ce fatal anneau ne passât dans d'autres mains, le jeta dans un lac voisin d'Aix-la-Chapelle. Le talisman ne perdit pas pour cela de sa vertu. Charlemagne se prit, pour le lac même où il avait été jeté, d'une si violente passion qu'il n'avait jamais tant de plaisir que lorsqu'il se promenait sur ses bords. Pour ne pas s'en éloigner, l'empereur y fixa sa résidence, et voulut que le palais qu'il y fit bâtir fût dans la suite le siège de l'Empire et le lieu où ses successeurs fussent couronnés.

Lothaire, roi de Lorraine (855), fut un jour, dans les environs de Metz, surpris à la chasse par un violent orage. Il chercha un abri dans un château et y fut reçu par la châtelaine elle-même. Valdrade était son nom. Jeune, belle, remplie de grâce et d'esprit, mais ambitieuse, elle ne tarda pas à s'apercevoir de l'effet qu'elle avait produit sur le roi et elle résolut d'en profiter.

Lothaire rendit, dès lors, secrètement, de fréquentes visites à Valdrade. Chaque matin le ramenait plus amoureux aux pieds de sa maîtresse, et chaque soir le renvoyait plus épris. Bientôt, les soins et l'amour de son épouse Theutberge lui devinrent importuns : il s'en éloigna insensiblement. La délaissée l'ayant fait épier, découvrit le but de ses continuelles et mystérieuses absences. Malheureusement elle éclata en reproches, et Lothaire, passant de l'éloignement au dégoût et à la haine, ne garda plus aucune mesure.

Il fit venir Valdrade dans son palais, lui donna des officiers, bravant ainsi toutes les bienséances sur lesquelles, au reste, on n'était pas bien scrupuleux à cette époque. L'artificieuse favorite, abusant du pouvoir qu'elle avait sur le roi, lui persuada de se défaire de Theutberge dont la présence et les plaintes empoisonnaient leurs jouissances, et de faire dissoudre son mariage. Lothaire épousa publiquement Valdrade en 862.

Charles II, le Chauve, eût pour maîtresse Rhichilde, qu'il eût épousée, après avoir répudié sa femme, s'il n'eût redouté le mécontentement du peuple qui le haïssait déjà.

Philippe Ier est célèbre par ses amours avec Bertrade de Montfort. Ce prince avait donné, au commencement de son règne, des espérances qui ne se réalisèrent pas. Son âge mûr fut marqué par des faiblesses indignes. L'amour des femmes et du vin éteignit les qualités qu'il avait reçues de la nature et que le régent Baudouin avait heureusement développées.

Philippe II aima Agnès de Méranie qu'il épousa, en 1196, avec la plus grande solennité.

Jean le Bon fut ensorcelé par la comtesse de Salisbury, mais on n'a rien de positif au sujet des amours de ce roi et de la noble Anglaise.

Charles VI eut trois maîtresses bien connues des mémorialistes de ce temps, Odette de Champdivers, Valentine de Milan et la duchesse du Berry.

Odette de Champdivers était fille d'un marchand

de chevaux. On ignore l'année de sa naissance et celle de sa mort. Charles la vit : elle était belle. L'aspect de cette jeune fille parut lui faire quelque impression, et comme dans sa maladie on cherchait moins à le guérir qu'à l'amuser, l'infâme Isabeau, dont la mémoire est encore plus exécrée que celle de Frédégonde, s'empressa d'introduire Odette dans le lit de son malheureux époux. Une considération puissante détermina sans doute Isabeau dans cette occasion. Il paraît que Charles, dans ses accès de folie, lui faisait subir les traitements les plus durs. Ce serait alors moins une consolatrice qu'une victime qu'elle offrait aux transports du roi. Quels que fussent les motifs de la reine, Odette ne se ressentit jamais des fureurs du roi. Un mot de sa jolie bouche avait le pouvoir d'en arrêter les effets. Il lui suffisait de menacer Charles de sa haine ou de son indifférence, et le roi se montrait docile comme un enfant.

D'après Brantôme, Charles VI eut encore une passion pour sa cousine, Valentine d'Orléans, et pour la jeune duchesse de Berri, celle-là même qui lui sauva la vie dans un bal en le couvrant de son manteau pour étouffer le feu qui allait le consumer.

Charles VII fut tour à tour séduit par Gérarde Cassinol, Agnès Sorel et Antoinette de Maignelais, baronne de Villequier.

Pour la première, voici ce qu'écrit Jean des Ursins :

« Le roi et Monseigneur le Dauphin, après qu'ils eurent été à Notre-Dame de Paris faire leurs offran-

des et leurs dévotions partirent de Paris, et était
(avec eux) monseigneur le dauphin bien joli, et avait
un moult bel étendard tout battu d'or, où avait un *K*,
un cygne et un *L* ; et la cause cy était parce qu'il y
avait une demoiselle moult belle en l'hôtel de la
reine, laquelle vulgairement on nommait la Cassi
nelle. »

Agnès Sorel fut une des plus gracieuses favorites
qui aient été appelées dans l'alcôve d'un roi.

Tous les poètes lui ont consacré de beaux vers, et
c'est d'elle que Voltaire a pu dire :

> Jamais l'Amour ne forma rien de tel :
> Imaginez de Flore la jeunesse,
> La taille et l'air de la Nymphe des bois,
> Et de Vénus la grâce enchanteresse,
> Et de l'Amour le séduisant minois ;
> L'art d'Arachné, le doux chant des sirènes :
> Elle avait tout : elle aurait dans ses chaînes
> Mis les héros, les sages et les rois.

Agnès Sorel naquit au village de Fromenteau, en
Touraine. Dès l'âge de quinze ans, son père la plaça
en qualité de fille d'honneur, auprès d'Isabeau de
Lorraine, femme de René d'Anjou, l'une des princesses les plus distinguées de son temps. Lorsque
cette princesse vint à la cour de France, en 1431,
pour y solliciter la liberté de son mari, fait prisonnier à la bataille de Bullegneville, la jeune Agnès,
qu'on appelait la *demoiselle de Fromenteau*, était
dans tout l'éclat de sa beauté.

« C'était un teint de lis et de roses, des yeux où
la vivacité était tempérée par tout ce que l'air de

douceur a de séduisant, une bouche que les Grâces avaient formée ; tout cela était accompagné d'une taille libre et dégagée, et relevé d'un esprit aisé, amusant, et d'un entretien dont la gaîté et le tour agréable n'excluait ni la justesse ni la solidité. »

Isabelle de Lorraine avait obtenu la liberté de René, faveur à laquelle Agnès n'avait pas été étrangère, et se disposait à passer en Sicile. Sa fille d'honneur devait l'accompagner, mais le bon roi Charles avait vu Agnès :

> La voir, l'aimer, sentir l'ardeur brûlante
> Des doux désirs en leur chaleur naissante,
> Lorgner Agnès, soupirer et trembler,
> Perdre la voix en voulant lui parler,
> Presser ses mains d'une main caressante,
> Laisser briller sa flamme impatiente,
> Montrer son trouble, en causer à son tour,
> Lui plaire enfin, fut l'affaire d'un jour :
> Princes et rois vont très vite en amour.

On a écrit un ouvrage très curieux sur Agnès Sorel. Il a pour titre le *Mausolée d'Agnès Sorel*, et pour auteur M. de Sales. J'en détacherai quelques lignes étranges :

« Il est certain que le tombeau d'Agnès ayant été ouvert il y a peu d'années, en présence des autorités locales, on trouva sur le cadavre des vestiges de beauté que la mort et plus de trois siècles de destruction n'avaient pu effacer. Sa tête était remarquable par la régularité de ses proportions, ses dents admirables, sa chevelure, superbe : plusieurs des assistants en détachèrent quelques boucles : je dois à l'un d'eux l'avantage d'en posséder une faible partie. »

La baronne de Villequier succéda à Agnès Sorel et jouit de sa faveur jusqu'à la mort de Charles VII.

Louis XI, qu'on ne jugea pas précisément comme un vert-galant, aima tour à tour Felice Renard, Marguerite de Sassenage, femme d'Amblard de Beaumont, Huguette de Jacquelin, la Gigogne, la Passe-Fillon et la femme d'un bourgeois nommé Jean Bon.

Louis avait à peine vingt ans lorsqu'il fut épris de Felice Renard, femme de Charles de Sillon, receveur du Dauphiné.

Ce fut à son arrivée dans cette même province que Louis connut Marguerite de Sassenage, alors veuve.

Elle avait à peu près son âge. Spirituelle et enjouée, elle plut tellement au dauphin que l'année ne s'écoula point qu'il devint l'heureux possesseur de ses charmes.

Huguette de Jacquelin était née à Dijon. La Gigogne et la Passe-Fillon étaient des femmes de marchands dont il est question dans l'*Histoire* de Dreux du Radier.

Quant à la maîtresse anonyme que j'ai citée, elle était née à Mantes et avait été mariée par le roi, après avoir servi à ses plaisirs, à Jean Bon, qui jouissait d'une pension du prince.

Jean Bon, séduit par le duc de Bourgogne, conspira contre la vie du Dauphin. Il fut arrêté, jugé et condamné à être décapité. Cependant on lui laissa le

DOUYIN
INTRODUCTION

choix, ou d'avoir la tête coupée ou d'avoir les yeux
crevés. Comme il tenait à la vie, son choix fut bientôt fait : on lui creva les yeux et on le rendit à sa
femme.

Charles VIII, le *Courtois*, fut conquis par Anne
Soliars ; Louis XII, par Thomassine Spinola.

En 1502, ce dernier roi ayant passé plusieurs jours
à Gênes, sa présence dans cette ville donna lieu à
des fêtes magnifiques.

Parmi les femmes qui, par leurs charmes et la
richesse éblouissante de leur toilette contribuèrent
à l'éclat de ces réjouissances, on remarquait Thomassine Spinola, non moins remarquable par son
esprit et par ses attraits que par une illustre naissance.

Thomassine vit le roi, lui parla ; et la conversation
vive et agréable de Louis, son ton gracieux ache-
vèrent ce que son regard doux et tendre et ses ma-
nières aisées n'avaient que trop bien commencé. La
belle Génoise conçut pour l'objet de son admiration
la passion la plus profondément sentie ; et, sans dé-
tours, sans coquetterie, sans qu'une pudique rougeur vint même accuser l'inconvenance de sa
démarche, elle fit à Louis l'aveu de son amour.

Ce n'était pas au roi à se montrer cruel ; mais si
le prince compta sur quelques-unes de ces faveurs
après lesquelles on n'a plus rien à désirer, il se
trompa. Thomassine le pria seulement de vouloir
bien être son *intendio*, c'est-à-dire, dans le langage
de l'ancienne chevalerie, le sire de ses pensées,
comme elle serait la dame des siennes.

Là se bornait tout ce que demandait, tout ce qu'accordait la belle et tendre Spinola.

Louis consentit à tout, séduit peut-être d'abord par la singularité de l'aventure, mais il ne tarda pas à apprécier la véritable amie qu'il avait trouvée.

Depuis lors, Thomassine se refusa constamment aux caresses de son mari, sans concevoir un moment la pensée d'un dédommagement.

Le roi parti, Thomassine Spinola, entièrement livrée à sa passion platonique, se consolait de l'absence de son *intendio* par l'activité de sa correspondance.

La mort seule pouvait rompre des nœuds formés par l'imagination. En 1505, Louis tomba malade en France et passa pour mort en Italie.

Ce bruit fatal parvint aux oreilles de Thomassine : elle est saisie d'une fièvre violente et elle expire huit jours après dans le consolant espoir de se réunir à celui qu'elle avait tant aimé.

La république de Gênes, sa patrie, lui décerna des funérailles publiques en reconnaissance des services qu'elle lui avait rendus.

N'étant encore que duc d'Orléans, Louis XII avait eu pour maîtresse une jeune blanchisseuse de la cour, que l'on croit avoir été la mère de Michel de Buci, protonotaire apostolique, et devenu plus tard archevêque de Bourges.

Nous voici arrivé à François Ier, sacré à Reims le 25 janvier 1515.

Ses maîtresses ont été nombreuses, mais il nous

faudra faire un choix parmi ses favorites où nous
trouverons des bourgeoises, des grandes dames et
des princesses.

Quatre d'entre elles, l'Avocate, Françoise de Foix,
comtesse de Châteaubriant, Anne de Pisselen,
duchesse d'Etampes et la belle Féronnière nous
retiendront plus particulièrement.

Mais nous en ferons défiler quelques autres devant
nos lecteurs. C'est un titre, en effet, que d'avoir été
aimée par un des plus galants rois de France.

II

LA MAITRESSE BOURGEOISE : L'AVOCATE

C'est au pays du cognac et de la fine champagne,
dans ce pays d'un tempérament païen, quoique fort
chrétien de cœur, dans ce pays qui croit encore à
Bacchus... au dessert, que devait naître François Ier,
le roi des vaillants chevaliers et des bons convives.

Son nom est demeuré aussi populaire en Saintonge
que celui du roi Henri au Béarn.

Tous deux ont été la personnification de leur race.
L'un a été le Béarnais et l'autre le Gascon.

C'est parmi les pampres jaunissants, à l'heure
même des vendanges, au milieu des chants et des
rires de cette moisson de la grappe qui est une fête,
c'est dans la Saintonge, cette immense vigne que

devait être le berceau du premier roi chevalier, du premier roi galant, du premier roi poète et, à tout dire, d'un des plus grands rois qu'ait eus la France.

Sa mère, Louise de Savoie, était fille du duc Philippe.

Il était dans l'essence des choses que la mère du roi galant par excellence ne fût pas une épouse irréprochable.

Louise est devenue comme le prototype de la reine-mère, impérieuse, hautaine, avare, perfide, jalouse, galante, rude à sa bru, sévère à ses filles, fatale à ses favoris, parmi lesquels le connétable de Bourbon et le maréchal de Gyé, occupent un rang tout spécial.

Louise de Savoie, veuve dès l'âge de dix-huit ans, aimait François comme un fils de l'amour, et plusieurs croyaient, en effet, que la galante dame, âpre, violente, audacieuse, ne s'en fia pas à son insignifiant époux pour concevoir un dieu.

Elle mit sur sa tête toute l'ambition de sa vie, ambition condamnée au silence, à l'attente, aux vœux meurtriers, tant que vécut Anne de Bretagne.

Quel était l'intérieur des châteaux de Cognac, d'Amboise, où se faisait l'éducation ?

Ce qu'on en sait, c'est que Louise avait des dames aussi bien qu'Anne, mais beaucoup moins sévères.

La petite cour, entourant un enfant, ne put avoir sur lui que la plus détestable influence.

Une chose pouvait neutraliser ce libertinage d'esprit, c'était un véritable amour.

On ne peut nommer autrement la passion de Marguerite pour son frère.

Elle avait deux ans de plus que lui, et dix ans en réalité.

La jeune sœur, pour celui qu'elle vit naître, qu'elle enveloppa tout d'abord de son instinct précoce, fut la mère, la maîtresse, la petite femme, dans les jeux enfantins.

A grand'peine fut-elle avertie, après tout, qu'elle était sa sœur.

Cette passion fut, nous n'en doutons pas, l'événement décisif, capital, de François Ier.

Il lui dut ce qu'il eut de grâce et ce qui séduit encore la postérité.

Marguerite, la vraie Marguerite, la perle des Valois (née d'une perle qu'avala sa mère, c'est la légende), esprit charmant et pur, si le temps grossier l'eût permis, était née pour l'amour céleste, comme l'a dit Rabelais.

C'est à Amboise que se passa la première jeunesse de François Ier, et c'est le château et ses jardins qui furent le théâtre de ces jeux et de ces dangereuses espiègleries qui mirent plusieurs fois sa vie en danger et firent de la tendresse idolâtre de sa mère et de sa sœur une admiration sans cesse tremblante, une sollicitude toujours inquiète.

Un jour, à l'âge de six ans, il fut emporté d'un galop furibond à travers les prés et les bois par sa haquenée que lui avait donné son gouverneur, le maréchal de Gyé.

Adolescent et homme fait, François Ier devait se montrer comme le chevalier le plus téméraire et le plus hardi : mais tout le monde connait son histoire et il ne s'agit ici que de ses aventures galantes.

Voici la première qui soit mentionnée par les conteurs de l'époque.

« Il y avait à Paris, dit Marguerite de Navarre dans une de ses jolies nouvelles, un avocat plus estimé que nul autre de sa profession. Comme son savoir le faisait rechercher de chacun, il devint le plus riche de tous les gens de robe. Mais, voyant qu'il n'avait pas d'enfants de sa première femme, il crut qu'il en aurait d'une seconde. Quoiqu'il fût vieux, il avait néanmoins le cœur et l'espérance d'un jeune homme. Il fit choix d'une parisienne de dix-huit à dix-neuf ans, fort belle de visage et de teint et plus belle encore pour la taille. Il la traita du mieux qu'il put, mais il n'en eut point d'enfants non plus que de la première, de quoi la belle enfin se chagrina.

« Femme qui se chagrine n'est pas longue à trouver un consolateur.

« Notre jeune épouse affligée de sa stérilité, chercha à s'étourdir dans les bals et dans les festins sur l'affront fait à sa jeunesse.

« Mais elle était fine et réservée, et c'était une de ces jolies pécheresses dont la faute n'altère pas la sérénité, et auxquelles elle semble laisser jusqu'à la pudeur.

« Le mari ne se douta de rien.

« Comme sa femme avait toujours grand soin de lui, il ne s'aperçut même pas de ces redoublements de zèle, de ces câlineries avec lesquelles les belles adultères des contes et des romans de la Renaissance savent former coquettement, intrépidement, malicieusement, les yeux de l'Hymen avec le bandeau de l'Amour (style du temps). »

Citons la princesse aux galantes nouvelles :

« Un jour que Marguerite, c'est le nom de la femme de l'avocat était à une noce, il se trouva un grand prince tel qu'il n'y en a pas eu et n'y en aura jamais de mieux fait et de meilleur. »

A ce portrait enthousiaste, il est impossible de ne pas reconnaître François qui, saisi sans doute par le contraste malin d'une pareille aventure avec les joies qu'on solennisait autour de lui, ne put retenir à l'oreille de sa spirituelle sœur cette narquoise confidence.

Le prince et l'avocate ne se virent pas impunément, et notre bourgeoise fut éblouie par ce bel air de coq triomphant du jeune roi chevalier.

« Il poussa si bien sa pointe qu'ils convinrent, dès lors, d'un moyen de se voir en moins nombreuse compagnie.

« Le lieu et le temps marqués, le prince n'eut garde de ne pas combattre ; mais, pour ne pas exposer l'honneur de la dame, il parut sous un déguisement.

« Il se fit accompagner, par crainte de mauvaise

rencontre, par quelques gentilshommes de confiance.

« Arrivé dans la rue où demeurait sa belle, il congédia son escorte avec ordre de revenir le chercher discrètement, s'il n'était pas de retour dans un quart d'heure, vers trois à quatre heures.

« Le prince alla droit chez l'avocat, et il trouva la porte ouverte, comme on le lui avait promis.

Mais une surprise, à laquelle il était bien loin de s'attendre, fut celle de la rencontre de l'avocat lui-même, que quelque mouche piquait et qui était allé *éclairer* l'escalier, une lampe à la main.

Heureusement, le visiteur était de ceux que l'imprévu anime au lieu de les déconcerter.

Il expliqua à son hôte, bientôt rouge de plaisir, qu'il venait ainsi familièrement chez lui, en passant, comme le tenant pour un fidèle serviteur et ami, pour causer un moment de ses affaires et le prier de lui faire donner à boire car il avait grand soif.

Il recommanda bien le secret sur cette visite indue car, en sortant, il devait aller en un lieu où il ne serait pas bien aise d'être suivi.

« L'avocat, enchanté, le fait entrer processionnellement dans sa chambre et a toutes les peines du monde pour ne pas réveiller la maison.

« Sur un signe du prince, il se borne à appeler sa femme, qui paraît en simple couvre-chef et en manteau de nuit, mais, dans cette espèce de négligé, plus belle qu'à l'ordinaire.

« Son mari lui dit d'apprêter une collation des meilleurs fruits et des confitures les plus exquises.

« Le prince, qui causait toujours affaires avec le mari, n'eut pas l'air de voir la survenante, qui vaqua de son côté, avec les yeux clairs et un calme sourire, aux devoirs de l'hospitalité.

Comme elle était agenouillée devant le prince, lui offrant des confitures, elle profita d'un moment où le mari, le dos tourné, préparait à boire au buffet, pour lui dire brièvement qu'il ne manquât pas, en sortant, d'entrer dans une garde-robe, à main droite, où bientôt elle l'irait trouver.

Aussitôt qu'il eût bu, le prince remercia l'avocat qui voulait à toute force l'accompagner ; mais il ne le permit pas et l'assura qu'il allait dans un lieu où il n'avait pas besoin de compagnie.

En se retirant, il se retourna du côté de la femme, lui fit compliment d'avoir un si excellent mari, de ses plus anciens et meilleurs serviteurs.

Il l'engagea à louer Dieu d'un tel bienfait et à se rendre digne, à force de soins, honnêteté et prévenances, de son rare bonheur.

Ce sermon conjugal, qui mettait les larmes aux yeux du bonhomme, achevé, le prince sortit et ferma la porte après lui, pour n'être pas suivi au degré.

Il entra dans la garde-robe où la belle vint le trouver dès que son mari fut endormi. Elle le mena dans un cabinet aussi propre qu'il pouvait être, quoique au fond, il n'y eût rien de plus beau que lui et elle.

Les choses allèrent ainsi longtemps, de telle sorte que le prince, pour rendre son chemin plus court, imagina de passer par un couvent de religieux.

Il mania le prieur, comme il avait manié le mari, persuada celui-ci de sa dévotion, comme il avait convaincu celui-là de sa loyauté, fit si bien, en un mot que, toutes les nuits, à un coup convenu, le frère portier ouvrait avec componction, vers minuit, le seuil vénéré au prince qui couvrait du prétexte des bonnes fortunes de la religion, les bonnes fortunes de l'amour.

Ici éclatent encore cet art et ce plaisir des contrastes qui forment la saveur particulière et comme qui dirait le ragoût des auteurs du seizième siècle.

Leur petite comédie intime, qui ne vit et ne charme que par le soin curieux et naïf du détail, serait froide sans ce double personnage du mari trompé et content et du moine paillard et béat, ces deux victimes chères à la malignité populaire, en un temps de renouvellement d'idées et de mœurs, de galanterie et de protestantisme.

En allant au rendez-vous auquel il avait fait, par une fantaisie un peu forte, et qui sent son fagot, les lieux sacrés servir d'avenues, le prince pressé ne faisait que passer.

Au retour, il ne manquait jamais de s'arrêter, de s'agenouiller dans l'ombre humide du sanctuaire, et d'y demeurer une heure en recueillement et en prière, suppliant Dieu de lui pardonner sa faute ou le remerciant du plaisir.

Et voilà qui est bien de la Renaissance, qui est bien de François Ier, de ce temps de fanatisme païen, contre lequel la Sorbonne allait si cruellement réagir, où l'on immolait publiquement, entre poètes avinés, un porc à Bacchus.

Quoi qu'il en soit, l'hypocrisie, quand elle est édifiante, est bonne à quelque chose.

Et le prince, prosterné *incognito*, faisait l'édification et l'admiration des religieux qui défilaient le matin vers l'office, au signal des matines.

C'est à ce point que la sœur de François Ier, qui fréquentait le couvent, le recommandant aux prières de la maison, le bon prieur lui répondit :

— Que me dites-vous là, Madame ? Vous me parlez de l'homme du monde aux prières duquel j'ai le plus d'envie d'être recommandé, car s'il n'est saint et juste, je n'espère pas être trouvé tel.

Et il cita, suivant l'usage, un passage de l'Ecriture.

Marguerite, ébahie, ne peut s'empêcher de féliciter son frère de la bonne opinion qu'il avait su donner de sa foi aux bons pères, et le prince ne put s'empêcher de rire et de parler.

De là, ce conte intitulé : *Subtilité d'un grand prince pour jouir de la femme d'un avocat de Paris.*

III

LA FEMME D'OTELLO : MADAME DE CHATEAUBRIANT

Après la bourgeoise, la grande dame.

Tous les historiens ont écrit à l'envi sur les amours de François Ier et de Madame de Chateaubriant.

Il y a eu à ce sujet, un nombre considérable de controverses et de discussions passionnées.

Les auteurs dramatiques ont traité cette époque amoureuse du règne; les romanciers ont diverti leurs lecteurs avec les phases de cette aventure.

Il est résulté de tout cela beaucoup d'obscurité..

Quoi qu'il en soit, voici la version la plus généralement adoptée au sujet de cette favorite.

Françoise, fille de Phæbus de Foix, vicomte de Lautrec et de Jeanne d'Aydic, fille aînée et héritière d'Odet d'Aydic, comte de Comminges, naquit vers l'an 1495.

La maison de Foix ne reconnaissait, en France, que les princes de sang au-dessus d'elle.

La naissance de Françoise était donc des plus illustres, et cet avantage devait être encore relevé chez elle par l'éclat d'une figure charmante et l'attrait d'un esprit cultivé.

A peine âgée de quatorze ans, elle épousa Jean de Laval de Montmorency, seigneur de Châteaubriant.

Il paraît que sa naissance, sa beauté et son esprit lui tinrent lieu de dot.

Le mariage se fit en 1507, le comte de Châteaubriant avait alors vingt-trois ou vingt-quatre ans et il s'était déjà fait remarquer par des qualités peu communes.

Les premières années de cette union, passées au fond d'un château de la Bretagne, furent sans doute les plus heureuses de la vie de Mme de Châteaubriant.

L'avènement de François Ier vint détruire son bonheur.

Ce prince qui pensait qu'une cour sans femmes était une année sans printemps, un printemps sans roses, chercha à y attirer toutes celles dont l'esprit où la beauté pouvait en faire l'ornement.

Quelque retirée que vécut la comtesse, on avait entendu parler de ses charmes, et le roi engagea son mari à l'amener à la cour.

Les mœurs de François Ier n'étaient rien moins que rassurantes ; aussi l'invitation royale fit-elle trembler celui à qui elle était adressée.

On prétend que le comte chercha tous les moyens de l'éluder, et qu'enfin il fit faire deux bagues parfaitement semblables ; que, laissant l'une entre les mains de son épouse, il lui défendit de quitter sa retraite, si la lettre par laquelle il l'appellerait près de lui ne contenait pas la seconde. On ajoute qu'un valet auquel il s'était confié le trahit ; que Mme de Châteaubriant reçut une bague tout à fait semblable à la sienne, et arriva ainsi à la cour malgré son époux.

Le roi la vit, et le sort du pauvre mari était décidé.

Après une assez longue résistance, qui ne fit qu'irriter la passion du prince, la comtesse succomba.

Lorsque, en 1525, le roi fut fait prisonnier à la bataille de Pavie, la haine de la régente força la favorite de se retirer au fond de la Bretagne, dans la terre dont son mari portait le nom ; mais après la délivrance de François Ier, elle revint à la cour pour être témoin du triomphe de Mademoiselle de Heilly, depuis duchesse d'Etampes, qui l'avait remplacée dans le cœur du roi.

Tous ses efforts pour ramener le monarque furent inutiles.

Elle se vit même exposée à un affront cruel pour son amour propre.

Au temps de sa plus grande faveur, elle avait reçu de son royal amant de riches bijoux sur lesquels étaient gravées des devises galantes, composées dans le goût du temps par la reine de Navarre, sœur de François Ier.

La jalousie ou la vanité porta la nouvelle maîtresse à exiger du roi une démarche à laquelle il eut l'indigne faiblesse de se soumettre.

Il redemanda à celle qu'il sacrifiait ces preuves de son ancien amour.

Madame de Châteaubriant, profondément blessée prit le temps de faire fondre ces bijoux et s'adressant à l'envoyé du prince :

« Portez cela au roy, et dites-luy que puisqu'il luy a plu me révoquer ce qu'il m'avait donné si libéralement, je lui rends et renvoie en lingots d'or. Pour quant aux devises, je les ay si bien empreintes et colloquées en ma pensée, et les y tiens si chères, que je n'ai pu permettre que personne en disposât, en jouist, et en eust du plaisir que moi-mesme. »

Le roi sentit trop tard l'inconvenance de sa demande, et dit à celui qui lui rapportait les paroles de la comtesse et l'or des bijoux :

« Retournez-lui tout. Ce que j'en faisais, ce n'était point la valeur (car je lui eusse rendus deux fois plus), mais pour l'amour des devises; et, puisque elle les a fait ainsi perdre, je ne veux point de l'or et les luy renvoie. Elle a monstré en cela plus de courage et de générosité que n'eusse pensé provenir d'une femme. »

Ce n'était point flatteur pour le sexe faible, mais c'était subtilement s'en tirer pour un roi en faute.

La malheureuse comtesse, ayant perdu tout espoir de rentrer dans son ancienne faveur quitta, dit-on, la cour et se retira à Châteaubriant, où elle mourut le 16 octobre 1537.

On fit courir sur sa mort les bruits les plus sinistres.

Son époux, pour venger son honneur offensé, l'aurait renfermée dans une chambre tendue de noir et, après six mois passés dans cette triste retraite, lui aurait fait ouvrir les veines.

Tels sont les faits adoptés par les uns, niés par les autres, ou commentés et discutés par une foule d'écrivains qui, au lieu d'éclaircir la question, n'ont fait que l'embrouiller.

C'est assez bien ce qui arrive d'ordinaire.

L'amour de François Ier pour Madame de Châteaubriant est incontestable; mais tout ce qui précède l'arrivée à la cour, tout ce qui suit sa rupture avec le roi, rentre complètement dans le vague des conjectures.

Le fait des deux anneaux ressemble à un conte inventé à plaisir. On ne conçoit pas comment avec le

caractère jaloux qu'on lui prête, le comte de Châteaubriant ne s'empressa pas, à l'arrivée imprévue de sa
femme, de la ramener ou de la renvoyer en Bretagne
avant qu'elle vît le roi.

On conçoit encore moins qu'il ait attendu un si
grand nombre d'années pour se venger.

Il serait difficile de suivre les raisonnements et les
subtilités des différents auteurs qui ont écrit sur ce
sujet.

L'objet principal, le seul important, d'après le but
de cet ouvrage, est de connaître l'influence, en bien
ou en mal, de Mme de Châteaubriant à l'époque de
sa faveur qui, de tout le récit précédent, est la seule
chose qu'on ne peut révoquer en doute.

Son empire sur le cœur de François Ier dut être
grand, mais on ne voit pas qu'elle en ait jamais
abusé, si ce n'est en faveur de ses frères et peut-être
contre le maréchal de Trivulce.

On ne peut douter qu'indépendamment de leur
mérite personnel, Lautrec, Lescun et Lesparre n'aient
dû, en partie à l'amour du roi pour leur sœur, le cré-
dit qu'ils obtinrent sous ce règne.

Mais le premier, après la bataille de la Bicoque; le
second, après la capitulation de Crémone; et le troisième, après l'impolitique attaque de Reggio, qui
décida Léon X à se déclarer contre la France, devaient craindre le juste ressentiment du roi : la comtesse de Châteaubriant parvint à en détourner les
effets.

On ne saurait, en conscience, la blâmer en cette

occasion. Mais sans elle, justice eût été faite, ou plutôt, sans elle, les trois frères ne se fussent jamais
trouvés en position de faire peser sur leur tête une
pareille responsabilité.

A l'égard du maréchal de Trivulce, qui avait rendu
de véritables services à la France, Mme de Châteaubriant eut le tort grave d'appuyer les calomnies
répandues par Lautrec contre ce vieillard qui ne put
survivre à sa disgrâce.

Inhumée dans l'église des Mathurins, de Châteaubriant, son mari lui fit élever un tombeau, décoré de
sa statue, sur lequel on lit une assez mauvaise épitaphe de Clément Marot.

Une autre épitaphe en vers latin fut composée par
Bourbon l'Ancien en l'honneur de Françoise de
Foix.

Il est à remarquer dans celle-ci, comme dans celle
de Marot, parmi toutes les qualités célébrées par les
deux poètes, il n'est nullement question de sa fidé-
lité conjugale.

Je ne fais cette observation que parce qu'il s'est
trouvé des auteurs qui ont voulu nier jusqu'aux relations de François Ier avec Mme de Châteaubriant.

La comtesse fût-elle au moins plus fidèle à son
amant qu'à son mari?

Le fait est douteux, si l'on en croît Brantôme qui,
dans l'anecdote suivante, ne peut avoir en vue que
Mme de Châteaubriant?

François Ier, selon lui, étant allé un soir voir cette
dame sans se faire annoncer, se présenta si brusque-

ment, qu'elle n'eut que le temps de faire cacher l'amiral Bonnivet sous des feuilles qu'on mettait alors dans la cheminée pour rafraîchir les appartements en été. C'était l'usage alors.

Après un entretien *vif* et *animé*, le roi, pressé par un besoin, ne voulut point se donner la peine de sortir et, en le satisfaisant malicieusement dans la cheminée, inonda le malheureux amant qui se garda bien de souffler mot.

Il resta caché jusqu'au moment où le prince quitta sa maîtresse qui consola l'amiral par les plus tendres caresses.

« Cette dame, ajouta Brantôme, est celle-là même, laquelle étant fort amoureuse de Bonnivet, et voulant persuader le contraire au roi, lui disait : Mais il est bon le sire de Bonnivet, qui pense être beau. Et tant plus je lui dis qu'il l'est, tant plus il le croit. Je me moque de lui et j'en passe mon temps, car il est fort plaisant, et dit de très bons mots, si bien qu'on ne saurait s'en garder de rire quand on est près de lui. »

La vérité de cette anecdote, qui ressemble à une infinité d'autres du même genre, me paraît encore plus suspecte que celle-ci, tirée du même auteur et qui n'est pas moins plaisante.

Lors de l'entrevue du roi et du pape, à Marseille, en 1533, trois dames *belles et honnêtes veufves* prièrent le duc d'Albanie, auquel Clément VII ne pouvait rien refuser, d'obtenir pour elles la permission de *manger de la chair* les jours défendus.

Le duc, voulant amuser François Ier et le Souverain Pontife, dit à ces dames de venir demander elles-mêmes au Saint-Père la dispense dont elles avaient besoin.

Lorsqu'on les eût introduites, et qu'elles se furent prosternées aux pieds de Clément, le duc d'Albanie, s'adressant au pape, en italien, dit, assez bas pour n'être pas entendu par les solliciteuses :

— Père saint, voilà trois dames veufves, belles et honnestes, comme vous voyez, lesquelles pour la révérence qu'elles portent à leurs maris trépassés, et à l'amitié des enfants qu'elles ont eu d'eux, ne veulent pour rien du monde aller aux secondes nopces, pour faire tort à leurs maris et enfants ; et parce que quelquefois elles sont tentées des aiguillons de la chair, elles supplient très humblement vostre Sainteté de pouvoir avoir approche des hommes hors mariage, si et quantes fois qu'elles seraient en cette tentation.

— Comment, mon cousin, dit le pape ! Ce serait contre les commandements de Dieu dont je ne puis dispenser.

— Les voilà, Père saint, disait le duc, s'il vous plaît les ouir parler.

Alors, l'une des trois prenant la parole dit :

— Père saint, nous avons prié le duc d'Albanie de vous faire une requeste très humble pour nous autres trois, et vous remoustrez nos fragilités et débiles complexions.

— Mes filles, dit le Pape, la requête n'est nulle-

ment raisonnable, car ce serait contre les commandements de Dieu.

Lesdites veuves, ignorantes de ce que lui avait dit
le duc d'Albanie, lui répliquèrent :

— Père saint, au moins plaise nous en donner
congé trois fois la semaine, et sans scandale.

— Comment ! dit le Pape, de vous permettre *il
peccato di lussuria?* Je me damnerais, aussi je ne
puis le faire.

Ecoutons la fin du récit de Brantôme :

« Lesdites dames connoissant alors qu'il y avait de
la fourbe et raillerie, et que M. d'Albanie leur en
avait donné d'une, dirent : Nous ne parlons pas de
cela, Père saint, mais nous demandons permission
de manger de la chair les jours prohibés. Là-dessus,
le duc d'Albanie leur dit : Je pensais, Mesdames, que
ce fust de la chair vivante. Le Pape aussitôt entendit
la raillerie et se prit à sourire, disant : Mon cousin,
vous avez fait rougir ces honnêtes dames ; la reine
s'en fâchera quand elle le saura. Laquelle le sceut et
n'en fit autre semblant, mais trouva le cônte bon ; et
le roy puis après en rit bien fort avec le Pape, lequel,
après leur avoir donné sa bénédiction, leur octroya
le congé qu'elles demandaient, et s'en allaient très
contentes. »

Selon Brantôme, Mme de Châteaubriant était l'une
des trois solliciteuses, auxquelles il ne donne le titre
de veuves que pour rendre son conte plus piquant.

L'anecdote prouverait au moins qu'après sa rupture avec le roi la comtesse ne quitta pas la cour,

ainsi qu'on l'a prétendu. Au reste, les amours du roi
et de Françoise sont très réelles. Cette intimité dura
à peu près de 1516 jusqu'en 1526, mais on ne doit
pas ajouter foi à ce qui n'est pas compris dans ces
dix années. Au pays de la comtesse de Châteaubriant,
existe une tradition romanesque qui la concerne et
qui a ici se place toute marquée.

Allez aujourd'hui à Châteaubriant, dans cette ville
féodale dont le seigneur ne rendait hommage qu'au
duc de Bretagne, et qui appartînt tour à tour aux
maisons de Laval, de Montmorency et de Bourbon.

Faites-vous conduire au château, transformé en
hôtel de ville, avec des affiches municipales à la
porte et un drapeau tricolore flottant au-dessus des
armoiries brisées des comtes de Châteaubriant.

On vous racontera sur le champ, avec un air de
conviction inaltérable, la catastrophe de Françoise
de Foix, assassinée par son mari, Jean, comte de
Châteaubriant.

On n'ajoutera rien, on ne changera rien au récit
primitif tel que la tradition nous l'a légué; on n'in-
voquera pas d'autres témoignages à l'appui du fait,
que la notoriété publique, conservée de père en fils,
et les traces, encore apparentes, du sang de la victime, dans la salle où le crime a été commis.

Suivez votre guide qui va vous montrer ces vestiges sanglants que près de trois siècles n'ont pas
effacés, dit-on; montez cet escalier voûté et sonore,
dont les marches sont usées par les pas; traversez
ces longues galeries, ces vastes chambres entière-

ment dégarnies de leurs meubles gothiques aux formes massives, mais montrant çà et là, comme un souvenir de leur splendeur, quelque tenture de cuir doré, quelque boiserie de chêne sculpté, quelque panneau de peinture noircie et à demi-écaillée.

Voici, au milieu d'un rinceau légèrement fouillé dans la pierre, un écusson en champ de gueules à fleurs de lys, autour duquel on lit : *Chateaubriant* qui était aussi le cri d'armes des seigneurs de ce nom.

Cherchez d'un œil curieux, parmi ces ornements d'architecture, aux poutres des salles, aux consoles des fenêtres, aux manteaux des cheminées, les lettres initiales F. F., les devises que cette dame savait si bien composer, celles que François Ier lui adressait en échange, et la salamandre allégorique qui se retrouve, plus ou moins répétée, dans tous les lieux où ce prince a promené ses inextricables amours ; mais rien ne rappelle la célèbre comtesse de Châteaubriant, qui n'est peut-être revenue dans ce manoir que pour y souffrir et pour y mourir.

C'est ici qu'elle a été prisonnière pendant plusieurs années.

C'est ici qu'elle a rendu le dernier soupir, épuisée par une saignée que son mari lui fit faire aux bras et aux jambes.

Le commandant de la gendarmerie habite aujourd'hui cette immense salle où la cheminée, surmontée de gracieux bas-reliefs qui la couronnent, parle seule du seizième siècle, dans la vulgarité d'un ameublement moderne et pourtant délabré.

Peut-être, à l'heure où j'écris, ce monument d'art a-t-il fait place à un poële de faïence, emmanché d'un tuyau de tôle qui suinte !

Peut-être la cheminée de Françoise de Foix a-t-elle été détruite par les soins d'un maire attaché au gouvernement.

Mais, à coup sûr, on a respecté la tache de sang, espèce d'enduit noirâtre qui a pu être renouvelé à diverses époques par des concierges intéressés à offrir cet aliment de curiosité aux voyageurs, et qui, dans tous les cas, ne doit plus sa couleur équivoque à une mare de sang humain, desséchée depuis trois cents ans.

En 1859, Varillas écrivait ces lignes :

« Il paraissait encore des marques de sang de la malheureuse comtesse dans la chambre où elle avait été assassinée... »

Ne vous avisez pas de mettre en doute la présence de ce sang sur le plancher.

Les habitants de la petite ville et des environs s'élèveraient tout d'une voix contre votre scepticisme et lui opposeraient avec chaleur l'autorité de leurs ancêtres, également unanimes sur l'origine de la tache de sang.

Chacun, dès son enfance, a ouï conter les détails invariables du meurtre de la dame de Châteaubriant. Il n'y a pas, en Bretagne, une tradition plus répandue et mieux établie.

Poussez plus loin l'enquête ; informez-vous auprès des gens de la mairie, questionnez les commis et les

valets qui logent dans l'intérieur de l'ancien château,
ou qui, par la nature de leurs fonctions, sont retenus
souvent au greffe après la fin du jour ; demandez-leur
à ces incrédules et superstitieux Bretons, s'ils ajoutent
foi à ce que l'on rapporte de la mort tragique de
Madame de Châteaubriant.

Ils trembleront aussitôt de tous leurs membres, et
regarderont autour d'eux avec inquiétude, se signe-
ront dévotement et vous répondront en baissant la
voix, que l'âme de la comtesse revient toutes les nuits
à l'endroit où elle a perdu la vie.

Beaucoup de témoins se présenteront pour affir-
mer qu'ils ont maintes fois entendu des cris déchi-
rants et des plaintes étouffées sortir des murs vers
minuit, heure à laquelle le comte de Châteaubriant
tua sa femme.

D'autres ont déclaré qu'à cette heure-là, des esprits
invisibles erraient dans les corridors, tantôt marchant,
tantôt courant, tantôt frappant à coups redoublés,
tantôt secouant des chaînes.

Le lieutenant de gendarmerie dort à merveille
cependant sur le théâtre de l'assassinat.

La nuit du 26 octobre, anniversaire de cette terrible vengeance d'un mari trompé, tous les acteurs
du drame reparaissent, suivant l'opinion encore très
accréditée, dans cette même salle teinte du sang de
la victime.

Mais les rôles sont changés ; le comte de Châteaubriant porte une couronne de fer rouge qui lui
brûle le crâne, un manteau de soufre qui s'attache à

ses os, et des brodequins enflammés qui laissent une empreinte fumante et charbonnée à chacun de ses pas.

Il marche fustigé par des démons qui lui montrent les cornes, tandis que François Ier, revêtu de ses habits royaux, conduit par la main la comtesse habillée en reine, au milieu d'un cortège d'anges et de prêtres, qui n'éprouvent aucune répugnance à faire honneur aux amants, purifiés par le martyre de l'un d'eux.

Cette nuit du 26 octobre semble donc consacrée éternellement à la commémoration du crime et de son châtiment.

IV

LA FILLE DE SAINT-VALLIER :
LE ROMAN DE DIANE DE POITIERS

Sous les hautes herbes des plaines de la Beauce, à quinze lieues environ de Paris, sur les bords de l'Eure, s'élevait jadis le château d'Anet.

C'était un vieux manoir, au sombre aspect avec d'énormes tours, un pont-levis, une herse de fer et des murailles crénelées.

Il était intact au moment où commence ce récit.

C'est le matin. Le jour commence à poindre.

Un de ses premiers rayons jette une lueur blanchâtre dans la grande chambre à coucher du château.

Le lit, devant lequel glisse la belle lumière matinale, est occupé, mais par quel personnage, bon Dieu !

Il a dû passer une nuit bien agitée, le maître de ce manoir ! Que lui est-il arrivé ?

Tout ce qui l'entoure est dans un désordre extrême... Cependant il dort, mais de ce sommeil impérieusement amené par la fatigue.

Ses traits, déjà mûrs, portent l'empreinte d'un cœur soucieux et défiant. Une certaine immobilité s'est conservée à travers son sommeil ; une idée pénible a dû le poursuivre.

Tout à coup, il se réveille. Sa tête quitte aussitôt l'oreiller : il regarde avec inquiétude autour de lui.

« Charlotte, ma mère ! » s'écrie-t-il en même temps.

Puis, laissant sa phrase inachevée, il passe sa main sur son front, comme un homme qui lutte contre une pensée douloureuse.

Et ses yeux continuent à errer sans la moindre fixité dans le regard.

Enfin, reprenant la parole :

« Charlotte, ô ma mère, se met-il à redire après un pénible effort, pourquoi votre image est-elle venue me trouver cette nuit ? »

En effet, il a vu sa mère en songe, et cette idée d'avoir rêvé de sa mère le poursuit comme un cauchemar.

D'où vient cela? Ordinairement, la vue de sa mère soit en réalité, soit en songe, est une si douce consolation pour un fils !

Bientôt il se lève.

Vêtu à la hâte, il se rend la tête baissée et comme fléchissant sous sa tristesse, dans une chambre entièrement tendue de noir et dans laquelle on ne remarque d'autres objets qu'un grand portrait de femme qu'on devine, grâce au rideau qu'une main distraite a oublié de tirer tout entier. Il achève de le découvrir et le contemple avec des yeux scrutateurs.

« Mère, dit-il ensuite lentement et comme s'il eût fait sortir chacun de ses mots du fond de son cœur ; mère, vous êtes venue à moi cette nuit ; qu'avez-vous donc à me dire ? Votre apparition est-elle un présage ou n'est-elle que le fruit de mes pensées soucieuses. Oh ! si vous avez quelque chose à me dire, dites-le. Fais-je bien de l'épouser ?

Il s'arrêta, craignant presque une réponse à sa question.

« Fais-je bien, ma mère? reprit-il l'instant d'ensuite. O Madame Charlotte de France, au nom du respect que j'ai toujours eu pour vous, répondez-moi, fais-je bien ? Je la prends parce qu'elle est belle : c'est une faute, je suis laid... je la prends parce qu'elle est jeune... c'est peut-être une autre faute, car je suis vieux ; mais je la prends aussi parce qu'elle est vertueuse. »

Ici, une larme tomba involontairement de sa paupière ; ses jambes fléchirent et il se trouva à genoux devant le portrait de Madame Charlotte de France.

« O ma mère, ce n'est point pour vous rappeler votre faute que j'ai prononcé ces mots ; nul fils plus que moi n'a enfoui au fond de son cœur l'erreur maternelle. J'ai dit ce mot de vertu parce que j'espère en celle que j'épouse. Oh ! malheur, malheur à moi si pareille chose allait lui arriver ! Mais non ! Elle a du sang noble et généreux dans les veines. Jean de Poitiers, son père, était un loyal chevalier. Il ne pourra se faire que sa fille, ange de beauté, mente à son sang et déchoie parce que je la prends pour femme. Du reste, son doux nom de Diane ne doit-il pas me porter bonheur ? Ce nom n'est-il pas pur comme elle, et n'a-t-elle pas sur son visage toute la chaste grâce de sa marraine mythologique ? O ma mère, dites-moi que je fais bien de la prendre pour femme ; dites-moi que le démon des noces maudites ne viendra pas s'abattre sur ma maison ; rassurez votre fils qui pleure, vous pardonne et prie toujours pour vous. Au mois de mai dernier, je suis encore allé comme tous les ans, à pied et tête nue, faire mon pieux pèlerinage à l'abbaye de Coulombs ; je m'y suis encore agenouillé comme me voilà aujourd'hui, devant vos restes mortels, et j'ai demandé à Dieu qu'il prenne pitié de votre âme. Vous voyez, ma mère, que je n'ai pas oublié mes devoirs de fils. Si vous avez un conseil maternel à me donner, faites-le. Dites-moi, je vous supplie, pourquoi vous m'êtes apparue cette nuit ? »

Le portrait resta muet à cette supplique comme

aux précédentes; mais le jour qui grandissait venant
à l'éclairer davantage, et un rayon surtout glissant
sur la figure de Charlotte de France, les traits de cette
mère fautive, mais punie, prirent en ce moment, aux
yeux de son fils, une expression moins sombre et
moins terrible; quelque chose lui sembla se dérider
dans cette austère physionomie et, avec l'ardent désir
qu'il en avait, il ne fut pas longtemps à croire que
pour répondre à son inquiète supplication, il avait vu
les lèvres de sa mère lui laisser tomber un complai-
sant sourire.

« Marie, ma mère, s'écria-t-il aussitôt, merci ! »

Puis il se relève, jette un dernier regard sur le portrait, en tire cette fois le rideau tout entier, et sort
lentement de cette sombre chambre, dont l'atmosphère lui inspirait toujours des terreurs, et où, aujourd'hui, il est venu néanmoins chercher une idée
consolante.

Toute sa journée se passa ainsi dans des alterna-
tives de crainte et d'espérance...

Le lendemain, Louis de Brézé, comte de Maulevrier, grand sénéchal de Normandie, âgé de cin-
quante-cinq ans, et un des seigneurs les plus laids de
la Cour de France, épousait Diane de Poitiers, fille
de Jean de Poitiers, comte de Saint-Vallier, âgée de
quinze ans, et qui comptait parmi les plus ravissantes
beautés dont la Cour de François Ier put s'énorgueil-
lir.

Nous sommes en 1515.

Voilà Louis de Brézé marié à une jeune fille charmante ; voilà Diane de Poitiers la femme d'un homme laid et déjà vieux ? Que le ciel les protège l'un et l'autre. Ils en ont besoin, surtout au milieu d'une cour galante et corrompue.

Diane avait toutes les grâces qui attirent, tous les charmes qui captivent : jeunesse, beauté, esprit.

Dieu lui avait tout prodigué... Aussi, jugez de l'angoisse que dut éprouver le grand sénéchal lorsqu'un beau jour on vint lui dire de la part du roi son maître, qu'il fallait se préparer pour la guerre.

François Ier, qui ne faisait que de monter sur les marches de son trône, allait, pour débuts dans la royauté, entreprendre la conquête du Milanais.

Le grand sénéchal de Normandie, propriétaire du manoir d'Anet, était un de ceux qui devaient le suivre.

Vous comprenez sans peine, après l'avoir vu devant le portrait de sa mère, quelle horrible inquiétude vint s'emparer de son cœur. Pourtant, il se dispose à obéir sur le champ, en sujet loyal qui connaît et qui veut faire tout son devoir.

« Oh ! la terrible besogne, s'écrie-t-il tout à coup, que d'aller faire la guerre quand on laisse une jeune et belle femme dans la maison ! Que le devoir est parfois une terrible chose ! Dire qu'on a là, chez soi, celle qui fait le bonheur de toutes vos journées et qu'il faut la laisser en butte à tous les dangers pour s'en aller au loin, et peut-être ne jamais la revoir ! Pourquoi ne peut-on emporter avec soi tous ses trésors ? au moins je n'aurais pas peur des voleurs pen-

dant mon absence !.., mais diré que je vais la laisser,
et que tous les jeunes seigneurs de la cour viendront
papillonner autour d'elle et lui dresseront des embûches à qui mieux mieux ! Dire que ma belle Diane
pourra, de lassitude et par longueur de temps, son-
ger à d'autres et m'oublier ! O destinée moqueuse,
j'avais bien raison d'interroger ma mère et de
craindre...

— De craindre quoi ? interrompt une douce voix
qui se fait entendre par derrière le sénéchal,

Louis de Brézé se retourne vivement :

— Qui est là, dit-il ?

— Diane, répond la même voix encore plus doucement.

— Vous, ma dame bien-aimée ! J'allais vous envoyer quérir.

— Eh bien ! monseigneur, me voici à vos ordres.
Que parliez-vous donc de craindre, tout à l'heure ?

Le sénéchal jeta sur elle un regard profond et résigné.

— Je crains de vous quitter, Diane, lui dit-il, comme
on craint de quitter ce qu'on a de plus cher au monde.

— Me quitter ! Et pourquoi le voulez-vous, seigneur ?

— Le roi va faire la guerre, Diane, et il m'appelle
auprès de lui.

— Le roi s'inquiète peu, Comte, s'il brise les
familles, et s'il en garde avec lui la moitié.

— Pourvu que Dieu veille sur la moitié qui reste !
pensa le grand sénéchal. Allons, Diane, continua-t-il

tout haut, il faut se résigner : c'est pour le bien du pays et par la volonté de mon maître.

— Il ne faut pas désobéir à son roi, mon seigneur.

L'air, avec lequel Diane avait prononcé ce mot, frappa Louis de Brézé ; il y trouva peut-être plus de résignation qu'il n'en aurait voulu voir. Il concevait bien que lui ne devait pas manquer d'obéissance à son prince ; mais pourquoi sa femme se faisait-elle l'interprète si précis de cette maxime ? Quelle disposition d'esprit cette espèce de condescendance lui laissait-elle entrevoir ? Il ne s'en rendait assurément pas compte ; mais ce mot coïncidait trop bien avec ses craintes pour que ce mot ne lui fît pas mal.

— C'est vrai, Diane, lui répondit-il en s'efforçant de ne pas laisser voir une certaine émotion intérieure ; c'est vrai, l'obéissance à son roi est un des moyens les plus sûrs... pour être heureux.

Et cette entrevue qui avait semblé devoir être longue et touchante s'arrêta là.

« Adieu, disait-il déjà à sa femme, adieu, ma belle Diane, ange de ma maison ; adieu, songez à votre époux. Je vais combattre et peut-être rester sur le champ de bataille... pour obéir à mon roi. Adieu ! »

Et il l'embrassa affectueusement et tristement au front.

Mais Diane reprenant tout à coup la parole :

— Tout à l'heure, Comte, quand vous avez parlé de crainte, n'aviez-vous pas aussi, à demander quelque chose à votre mère ?

— Diane, répondit le sénéchal en se contraignant,

MADAME
DE CHATEAUBRIAND
A DOUHIN
RF

ma mère est morte, et on ne demande rien aux morts.

— Il me semblait cependant que vous aviez parlé d'elle ?

— J'y songe souvent, Diane ; mais j'en parle peu, vous le savez. Sa mémoire m'est chère. Tous les ans j'accomplis envers elle certains devoirs pieux ; mais c'est toujours avec une tristesse profonde que son nom revient sur mes lèvres.

Là, il ne fut plus maître de renfermer en lui toute son émotion. La belle sénéchale s'en aperçut... elle-même en ressentit comme un reflet pénible.

Elle interrogeait le comte des yeux.

Le comte ne semblait pas disposé à répondre.

— Que s'est-il donc passé de si triste entre vous et votre mère ? demanda la jeune femme.

Le sénéchal saisit involontairement la main de sa belle moitié : cette question le faisait tressaillir.

— Entre elle et moi, dit-il, rien au moins que de naturel et de filial.

— Eh bien ! reprit Diane de Poitiers dont l'anxiété augmentait, pourquoi alors tous ces tristes souvenirs ?

— Parce qu'elle a forcé un honnête homme, un noble seigneur, à commettre un crime.

— Votre mère, Comte ?

— Oui, Madame.

— Et quel homme a-t-elle pu contraindre...

— A commettre un crime, n'est-ce pas ?

— Oui.

— Son mari, Madame, mon père.

— Et quel crime, continua à demander Diane avec un effroi croissant?

— Un meurtre.

— Un meurtre ! et sur qui, grand Dieu !

— Sur elle, Madame.

— Comment ! Il l'a assassinée !

— Lui-même.

— Et pourquoi ? Qu'avait-elle fait ?

— Ce qu'elle avait fait, Diane ?

— Oui, Comte.

— Il n'y a qu'une raison au monde, une seule, rappelez-le vous bien, pour laquelle un mari puisse tuer sa femme, et c'est cette raison qui fait que tous les ans je prie pour le repos de l'âme de madame Charlotte de France, ma mère, tuée par Jacques de Brézé mon père, le 6 mai 1474.

Il est probable que Diane avait compris ; néanmoins, une nouvelle question s'échappa de ses lèvres avec un cri involontaire.

— Mais, seigneur, qu'avait-elle donc fait ?

— Ce que Dieu ne pardonne pas, surtout à la femme d'un homme de cœur, Madame, répondit le sénéchal : elle avait trompé son mari.

— Le Christ a pardonné à la femme adultère, Comte, reprend Diane, au milieu des transes où la mettait cette conversation.

Louis de Brézé ne fut pas plus content de cette phrase que de celle qui lui disait d'*obéir au roi*; son front se rembrunit encore ; quelque chose de fatal lui apparaissait dans ces répliques, trop résignées selon lui, et qui tendaient presque à devenir une justification du crime même, dont il venait de reconter une punition sanglante.

— Les hommes ne sont pas le Christ, dit-il en répondant à Diane, et le Christ, dit-il, n'était pas un mari.

Il y eut un moment de solennel silence.

Diane était profondément émue.

Enfin, le comte sortant de sa douloureuse rêverie:

— Mais, dit-il, qu'avons-nous à faire de nous assombrir de la sorte? toutes les fois qu'il est question de ce triste épisode, mes pensées s'en ressentent. Je ne voudrais cependant pas, ma belle Diane, que mes adieux vous fussent faits sous le voile lugubre de cette noire humeur. En vous j'ai mis tout mon amour; en vous j'ai placé l'espoir de ma maison, en vous j'entrevois la force de mes vieux ans. Diane, ange qui devez me protéger, protégez-moi véritablement : par vos prières, veillez sur moi quand je serai dans la mêlée. Si je succombe et que je meure loin de vous, volez jusqu'à moi et donnez à mon âme le baiser de paix au passage ; si je reviens, que vous soyez fière et orgueilleuse de me revoir. Adieu, trésor de jeunesse et de beauté ; adieu ma Diane bien-aimée ! Priez et luttez contre le démon... car tout ange que vous êtes, le démon a de fortes embûches, et il pourrait vous en dresser qui fussent plus fortes que vous. Je pars, adieu, ma Diane chérie, adieu ! »

Peu après cette scène, le comte de Maulevrier suivait François Ier marchant contre le Milanais.

Et la belle sénéchale restait veuve, de par la guerre exposée à toutes les embûches que son mari lui avait si fort recommandé de vaincre.

Laissons se passer plusieurs années après lesquelles nous retrouverons le soupçonneux mari ; laissons la jeune sénéchale se faire connaître à la cour, dans ce monde de galanterie, où il suffisait presque toujours d'être belle pour succomber ; laissons-la vivre un peu dans cette enivrante atmosphère, puis la quitter pour retourner passer quelque temps au château d'Anet, partageant ainsi sa vie entre le lieu du péril et le lieu du réconfort, tantôt songeant aux craintes de son mari et à l'amour qu'elle lui doit, tantôt légèrement séduite et éblouie des gracieuses splendeurs que la cour déploie devant elle. Laissons-la ainsi et arrivons bien vite en l'année 1523, à l'époque de la conspiration du connétable de Bourbon.

On sait que cette conspiration avait pour but de livrer la France à Charles-Quint, et que le connétable devait recevoir, pour prix de son crime, la Provence et le Dauphiné avec quelques autres beaux domaines.

On sait aussi que la trahison ayant été découverte par François Ier, le duc de Bourbon fut obligé de s'enfuir en Italie, que plusieurs grands personnages furent arrêtés comme ses complices, et que le comte de Saint-Vallier, ami intime du traître et père de

notre belle Diane, fut condamné à avoir la tête tran-
chée sur un échafaud.

Louis de Brézé était alors revenu de la guerre ; il
avait retrouvé, malgré ses craintes, sa jeune épouse
toujours digne de lui et de son amour.

Ce fut un coup terrible pour Diane quand elle ap-
prit la fatale nouvelle.

— Comte, s'écria-t-elle en courant vers le grand
sénéchal, un affreux malheur nous frappe !

— Je le savais, Madame, et je craignais de vous
en parler parce qu'il est sans remède.

— Sans remède ! oh non ! s'écria-t-elle, pleine d'un
généreux élan : mon père ne mourra pas comme un
criminel, cela ne peut être. Je le sauverai.

— Vous, le sauver, Madame ?

— Oui, moi, Comte.

— Et comment ?

— Comte, voulez-vous me conduire à la cour ?

— Qu'a de commun, madame, la cour avec votre
père ?

— Oh ! monsieur de Brézé, c'est une prière déses-
pérée ; ne me refusez pas ! une heure, une minute,
peut être mortelle... Il faut si peu de temps pour
faire tomber une tête !

— Je ne refuse pas, Diane, mais expliquez-moi...

— Le roi est bon, Monsieur, et je vais aller me
jeter à ses genoux pour demander la grâce de mon
père...

— Et l'obtenir ?

— J'en ai l'espérance, Comte.

— Allons, partez, Madame, répond le grand sénéchal avec l'air le plus tristement résigné du monde ;
partez.

— Est-ce que vous ne m'accompagnez pas ? demanda Diane, surprise de cette permission un peu
brève.

— Je n'en ai pas le pouvoir, Madame ; partez.
Comme vous l'avez dit, le temps est précieux ; partez, partez, et que Dieu vous garde !

Louis de Brézé, comte de Maulévrier, commen-
çait à entrevoir une espèce de fatalité qui le pour-
suivait. Mais il manquait de la force nécessaire pour
faire dévier la marche des circonstances. Il ne savait
que les laisser venir, et il se soumettait tout simple-
ment à leurs conséquences avec sa muette et sombre
résignation...

Diane partit.

Qu'elle aille, la belle jeune femme, qu'elle parte :
il est dit qu'elle donnera des angoisses à son mari.

Quand elle se fut éloignée, le grand sénéchal
se parla encore à lui-même.

— La voilà qui s'en va, dit-il, et je ne l'accompagne pas ! Pourquoi ne suis-je pas avec elle ? Quel
démon me pousse à ne pas la suivre ? Mais, après
cela, elle part pour une mission si sainte... Quelles
craintes puis-je avoir ? Ce n'est pas en allant demander la grâce de son père qu'on cherche à tromper
son mari ?... Mais, sans chercher, il y en a qui
trouvent parfois ! Cependant, elle a résisté déjà aux
embûches. A mon retour de la guerre, j'ai retrouvé

ma Diane chérie ; l'ange n'avait pas déserté ma maison... Allons, vieux mari, ton âge t'inspire des idées
bien mal fondées, rassure tes esprits. Ce n'est pas
une raison, parce que mes cheveux blanchiront
avant les siens pour que je ne puisse compter sur la
foi qu'elle m'a jurée. Elle doit voir en moi le soutien
et le guide raisonnable de sa jeunesse. Non, ma
Diane bien-aimée, non! n'est-ce pas, que l'aile de
Satan ne viendra pas effleurer ma porte ? N'est-ce
pas que je puis avoir confiance en ton amour ? La
femme, d'ailleurs, qui sait s'agenouiller devant celui
qui condamne son père doit savoir se redresser devant son propre séducteur !...

Et, quelque peu rassuré par le dévouement de sa
Diane, Louis de Brézé sentit glisser un peu de calme
dans la turbulence maladive de ses pensées.

C'est dans cet état tempéré que nous allons le
laisser un instant, pour courir à une autre scène de
cette histoire.

A la cour, on s'entretenait volontiers de la conspiration du connétable de Bourbon.

On en nommait les principaux complices, on parlait de leur condamnation avec un air de touchant
intérêt, lorsque le nom de Jean de Poitiers vint à se
faire entendre aux oreilles du roi.

— Pourquoi aussi, dit François Ier d'un ton de
dépit, pourquoi ce vieillard a-t-il eu l'idée de se
mêler de tout cela ? Aimé et honoré, quel besoin
avait-il de ternir ses vieux ans ?

— S'il en est un à plaindre, Sire, c'est assurément le comte de Saint-Vallier.

— J'en suis peiné pour sa chère Diane, sa fille...

En même temps un page entra.

— Sire, une dame demande à parler à Votre Majesté.

— Que me veut-elle?

— Sire, elle est en pleurs et ne veut parler qu'à vous-même.

— Et cette dame, quelle est-elle?

— Je crois, Sire, que c'est la grande sénéchale de Normandie.

— Oh! la belle sénéchale, chuchotèrent entre eux la plupart des seigneurs.

— Ah! Diane de Poitiers, fit le roi. J'étais presque sûr que l'amour filial en viendrait là. Qu'elle entre!

— Sire, elle désire parler à vous, mais à vous seul.

— Son désir est le mien : introduisez-là.

Et, sur un geste gracieux du roi, tous les seigneurs se retirent, non sans sourire, laissant le champ libre à la charmante fille du coupable Jean de Poitiers, comte de Saint-Vallier.

On fait entrer Diane.

— Grâce, grâce! s'écrie-t-elle en se jetant aux genoux du roi; Sire, accordez-moi la grâce de mon père!

— Madame, votre père est bien coupable.

— Sire, ce noble vieillard n'a été coupable que cette fois. Songez, à son âge... on ne voit pas sans émotion tomber une tête blanche sur l'échafaud.

— Si jamais condamnation m'a coûté, Madame, c'est bien celle-là.

— Sire, je viens d'Anet ici, seule, et en larmes. Que le dévouement de la fille plaide un peu pour le père... Il ne doit pas lui être interdit de profiter de l'amour de son enfant.

— Madame, votre père a une fille digne et dévouée.

— Si cela pouvait lui porter bonheur, Sire !

— Je crains que ce ne soit au-dessus de mon pouvoir, Madame.

— Oh ! Sire, je vous le demande de nouveau, grâce ! grâce pour le comte de Saint-Vallier ! Oubliez, je vous prie, qu'il a connu Charles de Bourbon, et souvenez-vous qu'il a servi François Ier. O noble et généreux roi de France, accordez-moi la grâce de mon père !...

— Madame...

— Sire, la plus belle prérogative d'un roi, c'est la clémence.

— Oui, Madame, et parfois un roi peut se trouver heureux de l'exercer...

— Eh bien ! Sire...

— Eh bien, Madame ?...

— L'occasion est belle. Qu'attendez-vous ?

— Que j'aie pu répondre à votre sentence de belle prérogative d'un roi... Je suis roi et je m'en souviendrai ; et vous, Madame, souvenez-vous, en échange, que la plus grande éloquence d'une femme, c'est la beauté.

— Sire, on prétend que Dieu me l'a donnée; s'il en est ainsi, je le bénirai de ce qu'elle aura pu faire pour mon père.

— Alors, vous devez à Dieu de grandes actions de grâces.

— Comment cela, Sire ?

— Elle peut faire tout, à elle seule.

— Quoi ! Sire, indépendamment de votre clémence ?

— L'une aide l'autre, Madame. Comment voulez-vous qu'on refuse une grâce quand elle est demandée par une bouche si belle, par des yeux si doucement suppliants...

— Ah ! Sire, j'aurai donc le bonheur d'avoir réussi !

— Et la satisfaction de dire que les charmes de votre divine personne auront été une des causes de votre réussite.

— Oh ! merci, Sire, merci ! Et vous aussi, mon Dieu, merci de m'avoir faite belle, puisque ma beauté me sert à quelque chose !

Et la belle sénéchale, transportée de bonheur, allait se retirer.

— Un instant, dit le roi, en la retenant par la main.

Diane regarda François Ier.

Si le roi n'eût pas été le roi, il est fort probable que ses yeux eussent été à leur tour suppliants. Mais le roi, pour supplier, était maître d'une circonstance trop forte.

Ils restèrent ainsi plusieurs secondes, Diane ayant toujours sa main dans celle de François Ier, lui, tenant toujours sous son regard royal la fille à qui il voulait vendre la grâce de son père.

Que se passa-t-il pendant cet intervalle dans l'âme de Diane de Poitiers? Quelle puissante fascination le regard du roi exerça-t-il sur elle? Ce regard fut-il assez éloquent pour lui faire comprendre un impérieux désir? Devina-t-elle que, malgré l'accueil ouvert du galant roi, elle n'avait à choisir qu'entre un refus ou... une complaisance? Bien adroit qui dira ce qui s'est passé en ce moment entre ces deux êtres; mais ce que chacun pourra facilement dire, attendu que cela s'est passé de la sorte, c'est que la belle sénéchale s'inclina, nul ne sait à quel degré de bon vouloir, sous le désir tacitement formulé du roi... qu'elle ne quitta que le lendemain matin.

Sors, pauvre Diane, quitte ce boudoir royal, arrange-toi avec le souvenir de cette nuit furtive, et tâche surtout de n'avoir pas trop de regrets en voyant la brèche que l'épouse infidèle s'est laissé faire pour complaire à la fille dévouée.

Il est vrai de dire qu'en galant roi qu'il était, François Ier envoya sur le champ la grâce du comte de Saint-Vallier. Mais le comte était déjà entre les mains de l'exécuteur: « Descendant de l'échafaud, dit Brantôme, il ne dit autre chose sinon : *sauve le bon cas de ma fille qui m'a si bien sauvé* ». Il était, parbleu ! temps. Sans compter que la frayeur l'avait déjà mortellement frappé, car il fut pris d'une fièvre qu'on appela la *fièvre de Saint-Vallier*, et il en mourut.

Pauvre Diane, son dévouement n'a pas eu un résultat de longue durée; mais, au fond, ce dévouement lui avait-il coûté bien cher? et s'en est-elle bien vivement repentie?

Marot, le poète, et plus tard, Henri II pourraient nous répondre.

**
* **

Louis de Brézé vit ses craintes réalisées. Quand il mourut, il y avait six ans que l'ange de sa maison s'en était envolé.

Que devint cette maîtresse passagère de François Ier?

Son heure n'étant pas encore venue, car elle devait presque régner; elle retourna confiner son veuvage au château d'Anet.

Entre autres habitudes, Diane aimait à faire souvent sa promenade du matin dans les alentours de son manoir, montée sur un fringant palefroi et suivie de ses gens, qu'elle laissait parfois bien loin derrière elle, tant sa course était rapide.

Cet exercice donnait la chasse à ses pensées en remplissant chez elle un certain besoin d'activité.

Un jour, dans ce même voisinage du château d'Anet, un jeune homme de seize ans environ, avec tout l'entourage qui pouvait faire soupçonner la plus haute naissance, il paraissait venir du côté de Dreux, se trouva à la rencontre et face à face d'une femme ayant à peu près le double de son âge, mais portant sur la figure et dans le maintien, toute la fraîcheur et toute la grâce de la première jeunesse.

Tous les deux semblaient se connaître et, cependant, n'osaient se parler.

L'un et l'autre arrêtèrent un instant le cheval sur lequel ils étaient montés ; ils se regardèrent. Un soupir sembla s'échapper en même temps de leur poitrine ; et après s'être regardés de nouveau, ils se saluèrent, se retirant chacun de son côté, l'un, le front couvert d'une rougeur candide, l'autre, désireuse au plus haut degré de fixer ce novice amour.

Cette scène, toute courte qu'elle fût, peut paraître piquante : eh bien, elle se renouvela, à peu près la même, pendant quatre années consécutives.

Oui, pendant quatre années, sous prétexte de chasse, le jeune duc d'Orléans, car c'était lui, joua à cette espèce de cache-cache amoureux avec la belle Diane, car c'était elle. C'est long pour un fils de roi, surtout pour un fils de François Ier.

Mais enfin l'heure vint où l'audace l'emporta sur la timidité. Voici de quelle manière :

C'était par une journée de printemps de 1535. Henri, suivant son habitude, venait de Dreux où il avait couché.

Les trois lieues qui séparaient cette ville du vieux manoir avaient été déjà franchies par notre jeune amant, lorsque tout à coup le ciel se charge, un orage s'amoncelle et éclate.

Où fuir ? Où s'abriter ?

Il n'y a pas moyen de retourner à Dreux. Ma foi !
l'amour parle dans le cœur du jeune duc; il parle
même assez haut pour l'enhardir.

Il se dirige vers le pont levis du château et se décide
à demander l'hospitalité à la belle châtelaine.

Quand on a soupiré à la rencontre d'un beau jeune
homme, et que ce beau jeune homme est un prince
du sang, à l'attachement duquel on a l'ambition de
prétendre, on doit se hâter, je pense, de lui ouvrir sa
porte par un vilain temps d'orage.

La porte ainsi fut généreusement ouverte et l'hospitalité si complète qu'à partir de ce jour jusqu'à celui si triste de sa mort, Henri II n'eut pas au cœur
d'amour plus vif, ni plus fidèle.

*
* *

Quelques années s'écoulent. Un jour la belle veuve
vint faire une visite à l'antique manoir féodal, mais
ce n'était plus la châtelaine modestement suivie de
quelques valets : c'était la favorite escortée de toutes
les splendeurs et de tous les hommages de la cour.

Les plus grands seigneurs, la tête découverte, faisaient un cercle révérencieux autour d'elle; il n'était
pas jusqu'au prince, devenu roi, qui ne se tint respectueusement debout à ses côtés.

Toutes les fois que Henri remettait les pieds aux
alentours du vieux château, il se rappelait ses chasses
simulées et ses rencontres furtives avec la belle veuve
de Louis de Brézé; son amour devenait de jour en
jour plus ardent, et toutes les marques qu'il en pou-

vait donner à Diane étaient saisies par lui avec vo-
lupté. Le culte qu'il rendait à sa maîtresse allait parfois jusqu'à l'adoration.

La foule se pressait devant le cortège, avide de
voir et de saluer la toute puissante sénéchale, et les
hommes d'armes qui précédaient la marche écartaient
à grand'peine le groupe des curieux.

— Place criaient-ils, place pour Mme la duchesse
de Valentinois ! !

Et, en effet, Diane de Poitiers, qui avait voulu être
duchesse et qui savait que le duché de Valentinois
devait revenir à sa famille, s'était fait rendre — Dieu
sait avec quel empressement de la part de Henri ! —
ce joyau de ses ancêtres.

Elle était bien vraiment duchesse du beau domaine
que Louis XII avait cru pouvoir donner sans hésita-
tion à César Borgia.

Avant de pénétrer dans la féodale enceinte, la reine
resplendissante d'Anet fut saluée par trois hommes,
à qui le roi fit signe de le suivre.

Une fois à l'intérieur, ces trois hommes, toujours
respectueusement inclinés, étalèrent sous les yeux de
la belle châtelaine des plans et des dessins.

C'étaient les plans et les dessins de la métamor-
phose du manoir. Ces personnages n'étaient autres
que trois grands artistes : Richelieu de Lorme, l'ar-
chitecte ; Jean Goujon, le sculpteur ; Jean Cousin, le
peintre.

Henri n'avait pas eu la main maladroite.

Henri et Diane, dont les chiffres entrelacés devaient bientôt s'épanouir sur les blanches pierres du nouveau château, avaient voulu, pour dire adieu au manoir condamné, y passer une dernière nuit avant que le marteau frappât sur ses murailles et en éparpillât la poussière.

Tous deux, après s'être rappelé les premiers temps de leurs amours, après avoir évoqué ces jeunes et riants souvenirs, après avoir formé des vœux pour la prolongation de ces douces heures; tous deux à moitié encore dans les bras l'un de l'autre, dormaient, lorsque la belle maîtresse du roi fait un bond dans le lit et se réveille en criant :

— Henri ! Henri !

Et ses bras qui s'agitaient semblaient lutter contre la présence d'ennemis dont elle voulait se débarrasser.

— Henri ! répète-t-elle avec effroi.

A ce second cri, Henri se réveille à moitié.

— Qui m'appelle ? répond le roi, surpris d'entendre son nom.

— Moi, c'est moi, mon Henri...

— Toi ! ma Diane chérie. Qu'as-tu ? Que t'arrive-t-il ?

— Henri ! Chasse-les ! Renvoie-les ! Qu'ils se retirent !

— Mais qui, ma belle Diane ?

— Eux tous, qui me poursuivent.

— Mais, ma douce amie...

— Henri, chasse-les !

— Mais, Diane, personne ne te poursuit.

— Ils sont là, te dis-je. Ils se sont acharnés contre moi, toute la nuit.

— Diane, tu as fait un mauvais rêve et tu es encore sous sa pénible influence.

— Je n'ai pas rêvé, Henri. Je ne rêve pas. Je les ai vus. Je les vois encore : ils sont là. Henri, ô mon Henri, fais-les sortir !

— Alors, ma belle peureuse, nomme-moi tes ennemis; montre-les moi surtout : il faut que je les voie pour les combattre.

— Tiens, regarde, vois-les. C'est d'abord Jacques de Brézé, mon beau-père, qui passe devant moi : d'une main sanglante, il tient encore son poignard. Il me regarde avec des yeux terribles et menaçants...

— Fantôme que celui-là, ma belle !

— Tiens, cet autre, avec son front chauve et sa longue barbe : c'est Clément Marot, le poète railleur. Depuis qu'il a commencé à me lancer ses épigrammes, il ne cesse de ricaner devant moi. Je l'en punirai !...

— Parbleu ! tu lui as déjà fait goûter de la prison. Mais, cette fois, tu n'auras eu à châtier que son ombre.

— Tiens, regarde cet autre encore... Ah ! Henri !

Et elle se précipita dans les bras de son amant, en couchant sa tête contre la poitrine du roi, toujours tranquille.

— Quel est donc celui-là, Diane ?

— Louis de Brézé, le grand sénéchal, mon mari ! Tiens, vois-le : il pousse devant lui une femme ensanglantée... il me la montre... ah ! c'est sa mère, madame Charlotte de France... le portrait de la chambre aux tentures noires... il marche, il s'avance vers moi... ils me maudissent ! ah ! Henri, mon Henri, défends-moi, je t'en conjure.

Henri était peiné de voir l'hallucination de sa belle maîtresse durer si longtemps.

— Diane, ma belle Diane, finis de t'éveiller ; la nuit est calme ; les morts sont dans leur tombe... dans ton esprit seul se dressent ces fantômes... c'est à toi de les chasser... Mon amour n'est donc pas assez fort pour détourner une vaine frayeur ? Voyons, Diane, éveille-toi. Songe à notre rencontre dans la forêt d'Anet, au premier jour où tu m'as donné abri et hospitalité dans ce château ; songe aux serments que nous nous sommes faits. Tu m'aimais, alors. Alors tu n'aurais pas laissé une pensée puérile envahir ta pensée ; alors, mes paroles étaient quelque chose pour toi.

— Mais, Henri, regarde-les donc ! Tu ne vois pas comme ils me haïssent... comme... Mais, attends, on dirait... oui, je crois bien qu'ils se dispersent... Ne serait-ce qu'un rêve ? oh oui ! il me semble maintenant. Mon Dieu, quel affreux cauchemar ! Qu'ai-je donc fait pour avoir des visions pareilles ?

— Vois-tu, maintenant, si tu dois être rassurée ? Ce château n'est donc pas habité par des esprits...

— C'est égal, Henri. Ordonne qu'on le démolisse. A l'œuvre de suite. Il y des pierres qui sont importunes. Fais tout tomber, que le sol soit rasé ! Qu'Anet

se relève avec des pierres nouvelles ! A celles-là les
morts n'auront rien dit, et je n'aurai pas la crainte
au milieu de la nuit, de les voir m'apparaître auprès
de toi.

Puis, l'instant d'après, petit à petit remise de sa
frayeur, elle causait tranquillement, formant de ses
deux bras un collier au cou de son royal amant.

Mais sa prière de faire démolir vite n'en fut pas
moins un ordre exécuté sur le champ.

Les pics et les marteaux fonctionnèrent. Le vieux
manoir s'écroula, et dans ses décombres s'enseveli-
rent toute cette sombre fantasmagorie, tous ces
reproches d'adultère et toutes ces mains menaçantes
et tachées de sang.

* *

Hélas ! le 29 juin 1559, un malheur réel, cette fois
allait frapper le roi de France.

Après diverses négociations qui avaient amené la
paix dans son royaume, Henri se trouvait dans une
joie extrême.

Par goût, il aimait les fêtes et comme le mariage
de sa sœur avec le duc de Savoie devait être célébré
dans le même moment, il fit préparer des joutes et
tournois magnifiques.

Du palais des Tournelles aux écuries royales, une
lice splendide avait été ouverte, et le fils de François Ier venait d'être le vainqueur de la journée.

Il avait déjà brisé les lances des ducs de Ferrare,
de Guise et de Nemours.

Deux adversaires restaient encore à vaincre. Piqué d'honneur, il veut que la victoire soit complète.

Il fait signe, malgré les remontrances qu'on lui adresse de toutes parts, à Montgomery, capitaine des gardes écossaises.

Sur l'ordre du roi, Montgomery s'avance et tous deux, la lance en arrêt, courent l'un sur l'autre.

Pauvre Diane de Poitiers ! Quel coup cette rencontre va porter à ta destinée ! Te doutes-tu de ce qu'il y a au bout de la lance du capitaine des gardes ? La chute de la favorite, la chute de celle qui est toute puissante par le roi, car le roi va être atteint mortellement.

Le fer de Montgomery s'est planté dans l'armure du prince ; la lance s'est brisée ; un tronçon de cette lance a frappé le roi et lui a labouré le cerveau. Henri tombe privé de connaissance. La fête se change en deuil : on l'enlève au milieu de la consternation générale.

Onze jours après, Henri mourait des suites de sa blessure.

Brantôme rapporte que, pendant la maladie du roi, il fut commandé à la duchesse de Valentinois de se retirer en son hôtel à Paris et de ne pas tenter de s'introduire dans la chambre du mourant. Puis, on vint lui adjoindre de rendre quelques bagues et joyaux qui appartenaient à la couronne.

Elle demanda soudain : le roi est-il mort ?

— Non, Madame, lui fut-il répondu.

— Eh bien ! déclara-t-elle, tant qu'il lui restera un

souffle de vie, je veux que mes ennemis sachent que je ne les crains pas et qu'ils ne doivent pas compter sur mon obéissance. Je suis encore invincible de courage. Mais, lorsqu'il sera mort, je ne veux plus vivre après lui.

Nous l'avons dit, le lendemain fatal devait arriver.

Henri rendit le dernier soupir, et Diane fut obligée de se réfugier en larmes au château d'Anet où, d'ailleurs, elle ne mourut pas tout de suite.

Morte le 22 avril 1586, celle qui avait cédé à François Ier et qui était devenue la maîtresse de son fils fut d'abord exposée à Paris, dans l'église des Filles-pénitentes, pour être ensuite transportée dans son château d'Anet.

Ce fut la volonté dernière de la mourante, comme si, défunte, elle tenait encore à habiter ce palais bâti dans les plus beaux jours de sa haute fortune.

Son mausolée, d'une grande magnificence, la représente dans son costume, agenouillée, les mains jointes et priant devant un livre ouvert.

Elle repose ainsi sur un sarcophage, soutenu par quatre sphinx de marbre blanc.

Depuis la révolution, ce splendide mausolée a été transporté d'Anet au palais des Beaux-Arts, ainsi que la façade qui décorait la principale porte du château.

V

DU CHATEAU D'ANET AU CHATEAU DE LOCHES
ROI, JEUNE FILLE ET BOURREAU

Dans le chapitre qui précède, nous avons souvent mentionné le nom du château d'Anet.

Signalons une particularité bien remarquable à ce sujet, c'est qu'Anet fut l'apanage presque exclusif des amours illégitimes de nos rois.

Louis de Brézé, comte de Maulévrier, qui le tenait de sa famille, était petit-fils, par sa mère, de Charles VII et d'Agnès Sorel.

Diane de Poitiers, qui fit abattre le château d'Anet pour le restaurer entièrement, fut la maîtresse de François Ier et de Henri II.

Les ducs de Vendôme, qui le possédèrent après elle et jusqu'en 1727, descendaient de Henri IV et de Gabrielle d'Estrées ; enfin, le duc du Maine, qui en fut un des derniers châtelains, était le bâtard légitimé de Louis XIV et de Mme de Montespan.

*
* *

Nous venons de faire assister nos lecteurs à la scène où Diane de Poitiers sollicite aux pieds de François Ier la grâce de son père.

Par une coïncidence étrange, le même fait avait eu lieu sous Louis XI, mais le dénouement en est si dra-

matique que nous n'hésitons pas à revenir sur ce lugubre souvenir.

Du reste, une digression sur les amours royales ne
sort pas du cadre de ce premier volume de notre
série.

C'est le château de Loches qui fut le théâtre de la
scène tragique que nous allons raconter. C'est Louis XI
qui remplit dans ce drame le rôle d'amoureux et celui
de traître. Dans tous les actes du plus cruel de nos
rois, on peut constater, d'ailleurs, son mépris de la
vie humaine et ses raffinements dans l'art de la sup-
primer.

Louis XI aimait surtout le château de Loches à
cause de la profondeur de ses fossés, de l'épaisseur
de ses tours et de la double enceinte de ses fortifications.

Cette demeure royale vaut une sommaire descrip-
tion.

La fondation du château remonte aux premiers
temps de la monarchie française.

Il est bâti sur le sommet d'une colline assez élevée,
d'où la vue s'étend sur toute la ville de Loches et d'où
l'on aperçoit de vastes prairies, formant un magnifique tapis de verdure, traversé par la rivière de
l'Indre et borné au loin par un luxuriant amphithéâtre
de forêts.

Les rochers qui bordent ces prairies des deux côtés
sont comme des ombres placées dans ce tableau pour
en faire ressortir la beauté.

Le château de Loches était entouré de deux murs

d'enceinte crénelés, ayant environ deux mètres d'épaisseur.

Ces murs étaient défendus par des remparts et par des fossés et dominés par des chemins de ronde garnis d'arbalétrières.

La principale entrée était protégée par des tourelles extérieures et défendue par un pont-levis à bascule.

La partie la plus remarquable du château était le donjon qui s'élevait majestueusement au-dessus de tout l'édifice.

C'est ce donjon seul qui se dresse encore aujourd'hui pour rappeler les temps disparus.

Grâce à ses remparts élevés, à ses fossés profonds, à ses hautes murailles, à ses tours crénelées, à ses herses de fer, à ses machicoulis, à ses chemins couverts, à sa double enceinte de fortifications, et surtout à ce donjon gigantesque qui survit aux âges, le château de Loches était, sans contredit, un des plus formidables du royaume.

Il offrait aux personnes qui l'habitaient, sinon une résidence agréable, du moins une retraite sûre.

De pareilles forteresses avaient leur importance et leur utilité à une époque où les rois, comme les grands et les petits feudataires, étaient sans cesse occupés à se défendre, soit contre les invasions d'outre-mer, soit contre les attaques des seigneurs voisins qui ne jugeaient rien de mieux à faire, en l'absence des Anglais, que de se combattre mutuellement afin d'assouvir leur haine de rivalité, ou bien seulement de s'entretenir la main.

Louis XI aimait donc le château de Loches parce qu'il s'y sentait complètement en sûreté et il ne manquait jamais de s'y rendre quand il soupçonnait que quelque complot se tramait contre lui.

Or, pour si peu que l'on connaisse son histoire, on sait qu'il avait le soupçon facile et que, s'il dédaignait l'existence des autres, il tenait beaucoup à la sienne.

Lorsque les grands du royaume se soulevèrent contre lui et formèrent la ligue qu'on appela la *Ligue du bien public*, il s'empressa de venir s'enfermer à Loches comme en un lieu de tout repos et, pendant tout le temps que dura la conspiration, il défendit à Tristan, l'exécuteur de ses hautes et basses œuvres, de laisser pénétrer qui que ce fût dans la forteresse.

Un soir, cependant, une jeune fille, belle comme un ange, monta précipitamment au château, et sans répondre au *qui vive* dès archers, entra dans les appartements royaux.

Elle était vêtue d'une simple tunique blanche, et ses cheveux blonds voltigeaient sur son cou de cygne.

Elle pleurait, la pauvre enfant, et l'anxiété la plus vive se peignait sur son visage terni par la plus profonde douleur.

Seule, isolée, éperdue, courant de porte en porte, de chambre en chambre, elle appelait à son aide et poussait des cris à fendre l'âme.

Un homme se présente à elle.

— Que voulez-vous, lui dit-il d'une voix d'une incroyable dureté?

— Parler au roi.

— Le roi n'est pas visible.

— Qui vous l'a dit ?

— Je le sais.

— Mais qui êtes-vous donc pour être si bien instruit ?

Et la jeune fille toisait l'inconnu d'un coup d'œil plein de méfiance et de désespoir.

— Je suis Tristan l'Ermite.

— Oh ! alors, fuyez, fuyez loin de moi, misérable ! Ne m'approchez pas, ne me touchez pas... Le bourreau ! Horreur ! Celui qui doit assassiner mon père.

Et la jeune fille s'était éloignée ; et, recommençant de nouveau sa course insensée, elle montait et descendait en demandant partout le roi.

Un fatal hasard la conduit devant une portière couleur de muraille ; un secret instinct la guide, elle porte la main à la tapisserie... Une voix de tonnerre lui crie derrière elle :

— Arrière, malheureuse !

Elle se retourne et reconnaît Tristan.

A cette voix odieuse, la frayeur double son courage, elle lève la portière et entre : c'était le cabinet du roi.

Une sombre tenture de velours en garnit le pourtour ; la poussière dessine partout sa grise marqueterie ; les araignées tissent librement leurs toiles dans tous les coins.

Sur une table à pieds tors, gisent pêle-mêle des parchemins, des livres, quelques instruments de chimie, des creusets, des tubes, des cornues ; dans un angle, sur une tablette de marbre, repose un vase étrusque dans lequel se trouvent deux serpents ; à côté, on aperçoit un chat empaillé dont les yeux brillent comme deux escarboucles.

Dans un autre angle, un Christ d'ivoire est suspendu à une chaînette d'acier ; sous ce Christ est un prie-dieu ; et non loin de là, se traînent autour de la table, des morceaux de minerai, des rouleaux de charbon, un réchaud éteint et un alambic fracturé.

Etrange assemblage de dévotion, de science et de superstition : l'alchimie de Nicolas Flamel confondue avec la mystérieuse expression de Dieu.

Ce lieu de travail et de méditation était éclairé par une espèce de soupirail pratiqué dans l'épaisseur du mur et placé à huit pieds au-dessus du sol.

Jamais les rayons bienfaisants du soleil n'avaient dû pénétrer dans cette cellule, et le jour n'y venait qu'avec peine à travers un double treillis de fer.

Louis XI, accroupi sur une natte de jonc, tournait machinalement entre ses mains un bonnet de feutre enjolivé tout autour de petites figures de plomb.

Sans doute, il marmottait sa prière de chaque jour.

La jeune fille, en l'apercevant, courut se jeter à ses pieds.

— Sire ! dit-elle... et la voix lui manqua.

Le roi la regarda en fronçant les sourcils. On n'avait pas respecté sa consigne et qui laissait passer une jeune fille pouvait laisser entrer un assassin.

— Votre nom ? demanda-t-il sévèrement.

— Blanche de Melun, Sire.

— La fille du traître Charles de Melun ?

Blanche sanglotait et n'osait répondre.

— Et que voulez-vous de moi, reprend Louis XI, sans se départir de son accent sévère ?

— Sire, sa grâce, la grâce de mon père...

— Impossible, impossible, dit le roi en secouant la tête.

— Je vous en supplie, seigneur, au nom du Christ dont je vois ici l'image !

— Le Christ était juste, et la justice réclame la punition des traîtres.

— Pardonnez, sire, pardonnez comme le Christ a pardonné à ses ennemis.

— Mais, dites-moi, savez-vous bien quel crime il a commis votre père ?

Blanche garda le silence en laissant éclater des sanglots.

— Eh bien ! reprit le roi, je vais vous le dire : Charles de Melun, homme d'armes de la compagnie de l'amiral de France et capitaine d'Usson en Auvergne, a favorisé la fuite du seigneur de Land, qui avait été confié à sa garde et dont il répondait sur sa tête. Il a donc forfait à ses devoirs, il a manqué à sa foi de chevalier, il faut qu'il meure !

A cette implacable parole, Blanche tressaillit ; un frisson lui glaça le cœur ; elle se sentit défaillir.

— Sire, murmura-t-elle d'une voix étouffée, pitié,

pitié pour lui ! pitié pour mon père, car il n'a jamais
cessé d'être un bon et féal serviteur.

— Prends garde, cria le roi, prends garde, jeune
folle, que je ne me souvienne de la hardiesse avec
laquelle tu as osé pénétrer ici. Crois-moi, éloigne-
toi, si tu veux que je l'oublie...

Blanche était atterrée ; elle pleurait sans oser relever la tête, et sans pouvoir faire un mouvement.

Le roi la regardait en dessous.

Elle était si belle... Ses larmes, loin de nuire à l'expression de ses yeux, paraissaient, ainsi que des
perles brillantes, les animer davantage.

La candeur de son âme venait se refléter sur son
aimable physionomie, à laquelle sa douleur prêtait
encore un nouveau charme.

Dans cette situation, elle aurait attendri les rochers,
si les rochers avaient pu l'entendre et la contempler.

Louis XI réfléchit un instant, puis, se traînant auprès d'elle, il lui releva la tête et, comme s'il eût été
surpris d'une telle douleur :

— Tu aimes donc bien ton père, lui demanda-
t-il ?

— Si je l'aime ! mon père, mon seul soutien, mon
unique espoir ! celui qui m'a élevé dans mon enfance,
qui m'a tenu lieu de mère, qui m'a prodigué ses con-
seils, qui m'a toujours entouré de ses caresses ! Si je
l'aime ! Je suis disposée à mourir pour lui. Grâce,
Sire, grâce pour mon père ! Je suis disposée à donner
ma vie pour lui ! Je vous offre ma vie, je vous l'aban-
donne, prenez-la !

— Non, vous vivrez, dit Louis XI en prenant la main potelée de la jeune fille dans sa main livide et décharnée, vous vivrez. Si vous le voulez, votre père ne mourra pas.

Blanche se releva alors. Un rayon de joie illumina tout à coup son délicieux visage.

— Il ne mourra point si je le veux, dit-elle ! Oh ! grand merci, sire, grand merci ! J'avais raison d'espérer en votre clémence... Veuillez me donner vos ordres et me dire ce qu'il faut que je fasse pour mériter le pardon de mon père.

Le roi lui parla tout bas, et voici ce qu'il lui disait :

— Ce soir, vers l'heure du couvre-feu... ici... je t'attends.

Pauvre enfant, dans son innocence, ne prévoyant pas le piège que le rusé monarque lui tendait, elle répondit :

— Je viendrai.

Le roi la congédia en souriant.

C'était la joie du tigre caressant la proie qu'il va bientôt dévorer.

— Que me veut-il ? demanda-t-elle en s'éloignant du château royal. Qu'a-t-il à me dire ? Mon Dieu, qu'il fasse de moi ce qu'il voudra : demain, mon père sera libre... Louis XI m'a donné sa parole : il la tiendra.

Le lendemain, à l'aube du jour, une femme, enveloppée d'une mante noire, la tête à demi-cachée, descendait lentement du château.

Arrivée au pont-levis, elle fut arrêtée par la foule

du peuple qui stationnait toujours devant la demeure royale.

A sa vue, une voix cria :

— Tiens, c'est Jehanne la Ribaude ; bien sûr, c'est la courtisane de haut lieu, c'est la prostituée du château. Elle y est encore entrée hier soir au crépuscule, et maintenant elle sort de ses joyeuses saturnales de la nuit... Bien, ma fille, bien ! Mais ôte donc ta capuche, qu'on aperçoive ton joli minois...

Une autre voix domina celle de l'homme du peuple : c'était celle du bourreau.

C'était celle de Tristan l'Ermite, toujours heureux et fier d'exécuter les ennemis de Louis XI.

Sur son épaule il portait une hache et de sa main droite il tenait une tête sanglante.

De sa lugubre voix il cria lentement :

— Laissez passer la justice du roi !

Celle que l'on avait appelée Jehanne la Ribaude détacha alors sa mantille et leva son voile.

C'était Blanche de Melun.

L'infortunée jeune fille fendit la foule et s'avançant près du bourreau :

— Malédiction, s'écria-t-elle en reconnaissant la tête de son malheureux père... Voilà la parole d'un roi..., Le déshonneur et la mort !

Avions-nous raison de dire que ce drame sinistre rappelle par plusieurs côtés l'aventure de Diane de Poitiers venant demander à François Ier la grâce du comte de Saint-Vallier ?

Mais, il faut le dire pour conclure, les temps ont marché.

A la cour des rois de France, les mœurs ne sont plus les mêmes. Il y a eu des progrès accomplis.

La débauche rôde toujours autour du trône, mais elle ne veut pas avoir des taches de sang.

François Ier veut bien profiter d'une occasion qui s'offre à sa lubricité. Il veut bien déshonorer une jeune femme et salir un blason, mais au moins, il tient sa parole royale, il fait grâce !

VI

LA MAITRESSE FATALE : LA DUCHESSE D'ÉTAMPES

Si Françoise de Foix, comtesse de Chateaubriant, fut la maîtresse tragique de François Ier, Anne de Pisseleu, duchesse d'Etampes, fut la maîtresse mauvaise et comme la mauvaise fée de la cour et même du règne.

Jamais faveur ne dura plus longtemps, ne fut plus entière et plus mal placée.

Jamais femme aussi, sous les dehors les plus séduisants, ne cacha un caractère plus profondément vicieux, et ne fit mieux connaître les dangers attachés à l'élévation soudaine ou progressive de ces courtisanes décorées du nom de favorites.

Anne de Pisseleu, dite d'abord Mademoiselle de Heilly, fille de Guillaume de Pisseleu, seigneur de

HALLUCINATION

Heilly, et d'Anne Sanguin, qu'il avait épousée en secondes noces, naquît vers l'année 1508.

Elle reçut une éducation digne du rang plus brillant qu'honorable où la fortune la plaça bientôt.

Des belles très érudite et des érudites très belle, disait d'elle Charles de Saint-Marthe, et ce peu de mots donne une juste idée de l'esprit et des grâces de Mlle de Heilly.

C'est ce même auteur dont l'admiration toute poétique mit aux prises Junon, Minerve et Vénus réclamant chacune la belle Anne comme son propre ouvrage. Dans ce merveilleux débat, Sainte-Marthe ne trouva d'autre accommodement que de donner à l'idole qu'il encensait le *grand los,* la *jeunesse et l'avoir* de la reine des dieux ; la *beauté sans seconde* de la mère des Amours ; et la *très noble faconde et le bel esprit* de la docte Pallas.

On ne pouvait mieux se tirer d'embarras ; et cela nous prouve au moins que sous le règne de François Ier, si les arts et les sciences commençaient seulement à jeter quelque éclat, l'adulation avait déjà acquis un grand degré de perfectionnement.

En 1525, Mlle de Heilly était entrée en qualité de fille d'honneur au service de Louise de Savoie, duchesse d'Angoulême, mère de François Ier, alors prisonnier à Madrid.

Le traité de février 1526 ayant été conclu, la régente alla jusqu'à Bayonne au devant de son fils, qui venait de recouvrer la liberté, mais qui devait, en France, trouver de nouvelles chaînes.

Mlle de Heilly, ainsi que toute la cour, avait accompagné la reine-mère dans ce voyage.

François Ier la distingua bientôt, et l'esprit et les charmes de la fille d'honneur parvinrent à effacer du cœur du prince jusqu'au souvenir de Mme de Châteaubriant.

Le roi voulut bientôt donner un rang à la nouvelle favorite.

Il fallait rencontrer un gentilhomme d'une naissance illustre qui consentît à n'être époux que de nom ; en un mot, assez vil, pour prostituer celui de ses aïeux.

Il se rencontra dans la personne de Jean de Brosse, fils de René et d'une fille de Philippe de Commines.

Ce René, fauteur de la rébellion du Connétable de Bourbon, avait péri à la bataille de Pavie, en combattant sous les drapeaux étrangers ; ses biens avaient été confisqués, et son fils, déchu de l'ancienne splendeur de la famille, traînait en France une vie misérable.

Mais, du moins, il n'était que malheureux.

La restitution de ses propriétés, le gouvernement de Bretagne, le comté d'Etampes, érigé en duché, et le collier de l'ordre, tel fut le prix du déshonneur de Jean de Brosse, qui épousa Mlle d'Heilly vers la fin de 1526.

Celle-ci prit dès lors le titre de duchesse d'Etampes ; et sa faveur, étant devenue officielle, une cour d'adulatrices s'inclina devant elle et les beaux esprits de l'époque la célébrèrent à l'envi.

Parmi ceux-ci se distinguèrent Marot et Charles
de Sainte-Marthe, dont j'ai déjà parlé.

Voici un échantillon du style de ce dernier poète :

> Pour sa très grande et bien rare beauté,
> Elle est la fleur entre toutes nommée,
> Et tout pleine est de grande honnesteté
> Quelle est de tous entièrement aimée.
> Beauté l'a fait, Parangon, réclamée ;
> L'honnesteté, la non pareille aussi,
> Par l'un ha bruit, par l'autre est renommée,
> Et par tous deux est parfaite sans si.

Cependant c'eût été peu sans doute pour la duchesse
d'Etampes de n'être chantée que par un poète dont
les vers, aujourd'hui oubliés, étaient même effacés
par ceux de Clément Marot.

Mais qu'eût-elle à désirer quand celui-ci eût composé le dixain suivant :

> Ce plaisant Val, que l'on nomme Tempé,
> Dont mainte histoire est encore embellie,
> Arrosé d'eaux, si doux, si attrempé,
> Sachez que plus il n'est en Thessalie.
> Jupiter, roi qui les cœurs gagne et lie,
> L'ha de Thessalie en France remué ;
> Et quelque peu son nom propre mué ;
> Car pour Tempé veut qu'Estampes s'appelle.
> Ainsi lui plaît ; ainsi l'ha situé,
> Pour y loger de France la plus belle.

Marot lui adressa encore les étrennes poétiques
suivantes :

> Sans préjudice à personne
> Je vous donne
> La pomme d'or de beauté ;
> Et de ferme loyauté
> La couronne,

> Dix et huit ans je vous donne,
> Belle et bonne ;
> Mais à votre sens rassis
> Trente-cinq ou trente-six
> J'en ordonne.

Cela suppose, dit un auteur, que celle à qui ces vers étaient adressés passait, quoique jeune, pour très raisonnable, en admettant que l'on doive se fier aux poètes.

Malheureusement, cette raison si précoce abandonna la duchesse au moment de sa prospérité, c'est à-dire au moment où le besoin s'en faisait plus vivement sentir.

L'amour excessif du monarque, les adulations dont elle était environnée enflèrent tellement la vanité de la nouvelle duchesse, qu'elle se crut tout permis. Et elle ne se trompa point.

Dépositaire de toutes les grâces, elle en abusa avec une impudence inouïe.

Commençant par sa famille, Antoine Sanguin, son oncle maternel, devint abbé de Fleury-sur-Loire, évêque d'Orléans, cardinal, archevêque de Toulouse.

Charles, François et Guillaume de Pisseleu, ses frères, eurent, le premier, l'abbaye de Bourgueil et l'évêché de Condom ; le second, l'abbaye de Saint-Corneille de Compiègne et l'évêché d'Amiens ; le troisième, l'évêché de Pamiers.

Ses sœurs ne furent pas oubliées : deux furent nommées abbesses ; les autres, alliées aux maisons

de Barbançon-Canny, de Chabot-Jarnac et du comte
de Vertus.

Et bien qu'une partie des membres de cette famille
fût dans les ordres, il ne s'en trouva pas un seul qui
rejetât avec indignation, non seulement par pudeur,
des faveurs dont la source était si impure.

Tous, au contraire, s'empressèrent d'accepter, et
quand on pense au nombre considérable de frères,
de sœurs, de parents et d'alliés qui surgirent tout à
coup autour de la favorite, ne doit-on pas regarder
comme une calamité publique l'élévation et l'ascendant d'une femme qui livrait à leur vorace avidité les
trésors de l'Etat, les dignités et les bénéfices que
d'autres avaient mérités par des services réels, mais
qu'à la vérité ils eussent rougi de devoir à la protection déshonorante de la duchesse d'Etampes.

On ne peut disconvenir, au reste, qu'Anne de Pisseleu, spirituelle, savante même pour le temps où
elle vivait, n'eût le goût des lettres et des beaux arts,
et ne cherchât, peut-être moins toutefois par pen-
chant que par politique et pour plaire au roi, à les
protéger et à justifier du titre pompeux de *protectrice* et de Mécène des beaux esprits, qu'on lui dé-
cernait de tout côté !

Pourtant son caractère ne lui permit pas de résister toujours à ces injustes préventions.

Le célèbre orfèvre et sculpteur Cellini vint à la
Cour de France et eut le malheur d'exciter la jalousie de Primatice, que la duchesse d'Etampes avait
pris en affection et protégeait.

Celle-ci se laissa facilement influencer et chercha toutes les occasions de nuire à Cellini.

Elle ne put néanmoins empêcher le roi, et par conséquent la cour, de rendre au prodigieux talent de cet artiste un juste tribut d'admiration ; mais les désagréments et les dégoûts qu'elle lui fit essuyer obligèrent Cellini à reprendre le chemin de l'Italie.

Les couleurs sous lesquelles, jusqu'à présent, la duchesse d'Étampes s'est présentée à nos yeux n'ont rien de séduisant.

Elles vont prendre une teinte plus sombre encore, et peut-être, plus repoussante.

Diane de Poitiers, veuve du maréchal de Normandie, exerçait, depuis peu, sur l'esprit du Dauphin, un empire non moins absolu que celui de la duchesse d'Étampes sur François Ier.

Le roi se ressentait de ces excès ; il était languissant et son orgueilleuse maîtresse redoutait le moment où elle serait obligée de céder à la sénéchale un rang qu'elle avait occupé tant d'années.

De là une mésintelligence à laquelle s'ajoutèrent encore des menées sourdes, des propos piquants et des calomnies.

C'était une guerre continuelle d'épigrammes dont l'avantage restait souvent à la duchesse.

Diane était de vingt ans plus âgée que le Dauphin ; et malgré tout l'éclat d'une beauté parfaitement conservée, il y avait dans ces amours une espèce de ridicule qui ne pouvait échapper à la malignité d'une ennemie.

Aussi la duchesse d'Etampes ramenait-elle toujours l'attention sur l'âge de celle qu'elle regardait comme sa rivale :

— L'année de ma naissance, disait-elle, est celle où la sénéchale se maria.

Le fait était faux ; il n'y avait entre l'âge de ces deux dames qu'une différence de sept ans, à peu près ; mais l'amour-propre d'une femme, et surtout d'une femme jalouse et piquée, ne calcule pas toujours juste.

La haine que se portaient ces deux favorites partagea bientôt la cour en deux partis, à la tête desquels étaient, d'un côté, la duchesse d'Etampes, le duc d'Orléans, frère cadet du Dauphin, et l'amiral Chabot, depuis disgrâcié ; de l'autre, Diane de Poitiers, le dauphin et le Connétable de Montmorency, que François Ier exila plus tard dans ses terres.

La femme du Dauphin, Catherine de Médicis, donna dans ces débats une idée profonde de sa dissimulation.

Egalement bien avec les deux rivales, affectueuse même avec Diane, dont la liaison avec Henri blessait ses affections, son intérêt et son amour-propre, elle n'entra pour rien dans toutes ces intrigues, attendant du temps seul sa vengeance, en craignant de se fermer à jamais, par des plaintes imprudentes, le cœur d'un prince qu'elle voyait subjugué par une adroite maîtresse. Elle dissimula plus de vingt ans avec Diane !

La rivalité de deux courtisanes eut pour l'Etat

des conséquences déplorables, et commença d'abord par jeter la désunion dans la famille royale,

François Ier ne témoigna plus à Henri qu'indifférence et froideur et réserva au duc d'Orléans toute sa tendresse paternelle.

Ce prince était l'objet de la prédilection de la duchesse d'Etampes ; et cette prédilection prenait sa source dans l'inimitié qu'elle avait pour l'amant de Diane.

Nécessairement, les deux frères finirent par se voir d'un œil défiant et jaloux, et les intrigues de la favorite, pour empêcher les succès de l'un et faciliter ceux de l'autre dans la guerre qui éclata bientôt, contribuèrent puissamment à entretenir cette mésintelligence.

En 1540, l'empereur Charles V passa par la France pour aller punir les Gantois, qui s'étaient révoltés contre son autorité.

On dit que la duchesse d'Etampes conseilla à François Ier de violer les lois de l'hospitalité en s'assurant de la personne de son rival et d'anéantir par une perfidie le traité de Madrid.

Le roi n'était pas assez politique pour se porter à un pareil acte de violence.

On ne peut cependant que l'approuver en pareille circonstance ; il n'écouta que la voix de l'honneur et se contenta d'effrayer l'empereur en lui disant, lorsqu'il lui présenta la duchesse :

— Mon frère, voici une belle dame qui me conseille

de détruire à Paris l'ouvrage que nous avons fait à Madrid.

— Si le conseil est bon, il faut le suivre, répondit froidement Charles, qui, sous cette apparente tranquillité, cherchait à cacher l'anxiété que lui causait son imprudence.

On prétend encore que, pour gagner la favorite, il laissa tomber un très beau diamant que la duchesse ramassa pour le lui rendre, et que ce prince l'obligea galamment à le garder.

On ajoute qu'il s'attacha à flatter la vanité du Connétable en lui donnant sans cesse le titre du plus grand capitaine de l'Europe.

L'histoire du diamant n'est rien moins que prouvée ; mais il est constant que l'empereur sortit fort heureusement du mauvais pas où il s'était trouvé ; que, témoin de toutes les intrigues qui divisaient alors la France, il sut en tirer parti et mettre dans ses intérêts la duchesse d'Etampes, avec laquelle il ne tient à rien qu'on ne croie qu'il ait eu des relations très intimes.

Toujours est-il que, dès ce moment, l'indigne favorite lui fut entièrement dévouée, et le lui prouva après que la guerre eût été déclarée en 1541.

François Ier mit sur pied deux armées dont le commandement fut confié au Dauphin et au duc d'Orléans. Le premier devait assiéger Perpignan, et le second, Luxembourg.

Celui-ci eût d'abord des succès, mais ils ne durèrent pas longtemps.

Quant au Dauphin, il fut obligé d'abandonner son entreprise sur la capitale du Roussillon, et l'on ne peut douter que la duchesse d'Etampes n'eût été pour beaucoup dans ce malheur.

C'est, du moins, l'opinion de tous les historiens qui disent que l'ennemi, averti des desseins du roi, sur lesquels il s'était d'abord mépris, se hâta de jeter dix mille hommes dans la place.

En outre, le Dauphin avait sous ces ordres le maréchal d'Annebant, qui était entièrement dévoué à la favorite et qui, pendant le siège, commit des fautes tellement graves que sa conduite donna lieu à d'étranges soupçons.

Enfin, du Bellay dit, au sujet de la levée du siège, que le roi connut bien, mais trop tard, qu'il était mal servi, et il ajoute, en parlant du Dauphin « que l'erreur ne venait pas de lui, mais de ceux qui avaient abusé le roi, ou par ignorance ou par envie qu'autres fissent mieux. »

La duchesse d'Etampes craignait certainement que le Dauphin ne fit mieux que le duc d'Orléans.

Ses criminelles critiques, d'ailleurs, dans le cours de cette guerre désastreuse, semblent confirmer sa coupable participation au triste résultat de l'entreprise dirigée par celui qui n'avait d'autre tort envers elle que d'être l'amant de la sénéchale.

Le comte de Bossut, de la maison de Longueval, fut l'agent dont se servit la duchesse dans ses relations secrètes avec l'empereur.

C'est par ce digne complice de ses trahisons qu'elle

livra à Charles le chiffre du duc de Guise qui fit ouvrir les portes de Saint-Dizier aux Impériaux.

L'ennemi avait également repris Luxembourg. Malgré tous ces avantages et la coopération des Anglais, il se trouvait dans une situation critique d'où le tira la duchesse d'Étampes.

L'armée impériale, dans un dénuement absolu, se voyait sur le point, par suite de ses privations, de perdre tout ce qu'elle avait gagné.

Charles fut informé, par la voie ordinaire, que le Dauphin avait formé dans Epernay des magasins considérables de provisions de toute espèce, pour la subsistance de ses troupes ; que cette ville pouvait être facilement enlevée, et qu'à cet effet on avait négligé de rompre, malgré les ordres du roi, le seul pont sur la Marne qui offrit un passage à l'armée de l'empereur.

Celui-ci profita de l'avis, se présenta tout à coup devant Epernay, et s'en empara.

Pareille trahison se renouvela peu de temps après et livra encore Château-Thierry aux armes de Charles, qui y trouva une immense quantité de blé et de farine.

Les impériaux se virent ainsi dans l'abondance, tandis que l'armée du Dauphin fut exposée à toutes les privations qui avaient, quelques jours auparavant, assiégé ses ennemis.

Ceux-ci poussèrent jusqu'à Meaux et jetèrent l'épouvante dans Paris que ces habitants songèrent à abandonner.

L'activité, l'énergie du roi, qui était cependant malade, et surtout le peu de succès de Charles dans l'attaque de Soissons, sa défiance des Anglais, ses alliés, et la discorde qui se mit dans son camp, composé d'Allemands et d'Espagnols, sauva la France.

Inquiété d'ailleurs par l'ardeur du Dauphin et de ses troupes, il songea à faire la paix, et ses propositions furent d'autant mieux écoutées que la duchesse d'Etampes craignait que l'amant de la Sénéchale n'acquît par quelque action d'éclat le titre de libérateur de la patrie : tels étaient, en effet, l'espoir et l'ambition du Dauphin.

Le traité fut conclu à Crépy-en-Valois, le 18 septembre 1544, tout à l'avantage de l'empereur qui y gagna une vingtaine de places de guerre et ne donna au roi qu'une promesse vague d'un mariage avantageux pour le duc d'Orléans.

Ce prince devait épouser au bout de deux ans la fille de l'empereur, à laquelle le Milanais était assigné pour dot, ou la nièce de ce monarque avec les Pays-Bas.

Par cette clause, Charles remplissait ses engagements avec la duchesse d'Etampes. Mais la mort du duc d'Orléans, arrivée l'année suivante, la rendit inutile.

Il périt victime de la peste, selon les uns ; d'autres ont parlé d'empoisonnement, et la famille ne manqua pas de diriger les soupçons de ce crime sur Diane de Poitiers, non sans vraisemblance.

C'est au moins l'opinion de Bayle, qui ajoute que

ceux qui empoisonnèrent le duc d'Orléans sauvèrent la vie peut-être à deux cent mille personnes, et que peut-être ils épargnèrent à la France la funeste honte de troubler l'ordre de la succession.

C'est ce que semble confirmer un autre auteur, le Laboureur, qui, du reste, croit que le duc fut atteint de la peste.

Ce prince, dit-il, pensait à se rendre souverain du vivant du Dauphin, son frère aîné. Aussi l'empereur Charles V le flattait-il dans son humeur par des espérances qui lui avaient bien élevé le courage : c'est pourquoi étant à l'extrémité, à Farmoutier, où il avait témérairement défié la mort dans une maison pestiférée qu'il choisit exprès, Tavaune, son confident, lui étant venu apporter la nouvelle de l'exploit qu'il avait fait sur les garnisons de Calais, il lui dit ces mots : Mon ami, je suis mort, tous nos desseins sont rompus ; mon seul regret est de ne pouvoir récompenser tous vos mérites.

Le Dauphin protesta contre le traité de Crépy, et cette protestation fut suivie de celle du Parlement de Toulouse.

La France était justement indignée : elle se voyait abaissée, avilie, et cela par suite de la jalousie de deux courtisanes.

L'année 1545 fut remarquable par la condamnation du chancelier Poyet, arrêté depuis trois ans.

Ce magistrat méritait sa disgrâce ; mais ce fut moins sa conduite qui la lui attira que l'inimité de la duchesse d'Etampes et de la reine Marguerite.

Voici, d'après Moreri, ce qui lui valut la haine de la maîtresse et de la sœur du roi.

La Renaudie porta des lettres au sceau avec une recommandation de la duchesse : le chancelier fit des difficultés pour les sceller, et il fallut un ordre exprès du roi pour l'y contraindre.

Cet ordre lui fut donné en présence de la reine de Navarre qui, dans ce moment, lui parlait en faveur de quelqu'un de sa maison, convaincu d'avoir enlevé une riche héritière.

Le chancelier prit les lettres de la Renaudie et les montrant à Marguerite, lui dit : « Voilà le bien que les dames font à la cour. Elles ne se contentent pas d'y exercer leur empire, elles entreprennent même de violer les lois et de faire des leçons aux magistrats les plus scrupuleux dans l'exercice de leurs charges. »

La reine prit pour elle ce qui ne regardait que la duchesse d'Etampes et s'entendit avec celle-ci pour perdre Poyet.

Peu de temps auparavant, la favorite avait remporté une autre victoire en faisant rentrer en grâce l'amiral Chabot et en contribuant à la disgrâce du connétable de Montmorency.

« C'est un grand désordre, il faut l'avouer, dit Bayle au sujet de l'affaire Poyet, que la destinée des gens ; leur faveurs, leur disgrâce, dépend de la fantaisie d'une coquette, qui scandalise tout le royaume par le commerce qu'elle entretient tambour battant avec le prince ; mais, si l'on s'amusait à s'écrier :

ô tempora, ô mores, si l'on faisait l'étonné et le surpris, on passerait justement pour un étranger dans
le monde ; car on admirait comme quelque chose
d'extraordinaire ce qui a toujours été très commun,
et qui l'est encore, et qui, selon toutes les apparences,
le sera jusqu'à la fin du monde. Ce qui console les
esprits chagrins, là-dessus, c'est que ces puissances
coquettes sont fort exposées aux jeux de la bascule. »

L'empire de la duchesse d'Etampes touchait enfin
à son terme.

François Ier mourut à Rambouillet le 31 mars 1547 ;
mais malheureusement, cet empire allait passer à
une rivale dont l'influence, sans être aussi fatale que
la sienne, devait néanmoins produire des résultats
déplorables.

Diane de Poitiers régna sous le nom de Henri II ;
et le premier essai qu'elle fit de sa puissance fut de
disgrâcier et d'exiler les partisans de la duchesse.

Le comte de Bossut, ce criminel agent de l'ancienne favorite auprès de Charles V, fut sur le point
de porter sa tête à l'échafaud.

Il n'échappa au juste châtiment dont il était me-
nacé qu'en cédant à l'avide et tout puissant cardinal
de Lorraine une propriété magnifique.

Celui-ci sollicita alors la grâce de Bossut. « L'ex-
pédient qui lui servit le plus, dit Varillas, fut de montrer au roi que le crime du comte de Bossut lui était
commun avec la duchesse d'Etampes ; et que, par
conséquent, on ne pouvait le rechercher dans les

formes, sans y comprendre cette duchesse, ni sans noircir le commencement de son règne par un affront insigne fait sans nécessité à la mémoire de son père, en abandonnant à la vengeance de la justice l'objet qu'il avait si tendrement aimé durant près de vingt-deux ans. »

Le roi se rendit à cette raison, quoiqu'elle ne fut pas sans réplique, et le comte de Bossut sortit heureusement de l'affaire.

La duchesse reçut l'ordre de quitter la cour et de se retirer dans ses terres.

Il fallut se résigner. Elle vécut, dès ce moment, dans la religion réformée, qu'elle avait toujours partagée.

Telle est, du moins, l'opinion générale à laquelle l'historien Bayle ne s'est pas rendu. Il est particulièrement appuyé par le silence de Théodore de Bèze.

Celui-ci, sans doute, craignait de faire tort au Calvinisme en avouant une semblable protectrice.

« Mais, dit Bayle, quel mal pouvait faire aux églises réformées l'aveu que leur historien fait, qu'une maîtresse du grand roi François Ier, désabusée des vanités de la cour, aurait reconnu les superstitions papales, et donné gloire à la vérité, afin d'expier ses fautes passées. »

D'abord, un jour de repentir ne fait pas oublier à des hommes passionnés, fanatisés, vingt ans d'un désordre scandaleux ; et de Bèze se serait bien gardé de donner prise de ce côté à des catholiques.

LA DUCHESSE
d'ÉTA

Ensuite, il n'est pas prouvé qu'après la mort du roi la conduite de la duchesse d'Etampes ait été des plus régulières.

Aussi, dans cette circonstance, malgré toute l'imposante autorité du nom de Bayle, il faut adopter l'opinion unanime de tous les écrivains qu'il a combattus.

Bien que, depuis sa retraite forcée de la cour, la duchesse d'Etampes ait vécu dans une obscurité telle qu'on ignore même au juste l'époque de sa mort, qui semble pourtant être arrivée vers l'année 1576, son repos fut troublé par l'enquête demandée contre elle par son mari en 1556.

Quelques-uns se sont trompés sur les motifs de cette enquête. Ce n'était nullement pour faire constater son déshonneur que Jean de Brosse entreprit le procès, mais bien pour avoir raison du pouvoir absolu avec lequel sa femme et le comte de Bossut avaient régi ses affaires, souvent malgré lui, sans lui en rien communiquer et toujours à son désavantage.

Et, en effet, le résultat de toutes les dépositions fut que la duchesse d'Etampes et le comte, son agent, avaient agi en maîtres de sa fortune et sans aucun égard pour ses droits.

Ce qu'il y eut de plus remarquable dans ce procès, c'est que le roi Henri II consentit à servir lui-même de témoin dans l'enquête.

J'ai dit qu'il était douteux qu'après la mort de François Ier, la conduite de la duchesse ait été régulière.

On l'accuse, en effet, bien qu'elle ne fut plus jeune d'avoir eu Dampierre pour amant.

Le fait est fort probable, mais ce qui est certain, c'est son intimité, du vivant même du roi, avec le comte de Bossut.

On n'en saurait dire autant de sa liaison avec Jarnac, son beau-frère, que l'on soupçonnait aussi d'intimité avec sa belle-mère, Madeleine de Puygnion, seconde femme du baron de Jarnac, son père.

Quoiqu'il en soit, ces bruits obligèrent Jarnac à provoquer la Châtaignerie, favori de Henri II, qui s'en avouait l'auteur.

La faveur dont jouit la duchesse d'Etampes fut ruineuse pour le Trésor.

Le roi lui donna plusieurs hôtels dans Paris, des châteaux et des propriétés considérables.

On lit dans Sainte-Foix : « Au bout de la rue Gît-le-Cœur, dans l'angle qu'elle forme aujourd'hui avec la rue de Hurepoix, François Ier fit bâtir un petit palais qui communiquait avec un hôtel qu'avait la duchesse d'Etampes, dans la rue de l'Hirondelle. Les peintures à fresque, les tableaux, les tapisseries, les salamandres, accompagnées d'emblèmes et de tendres et ingénieuses devises, tout annonçait, dans ce petit palais et cet hôtel, le Dieu et les plaisirs auxquels ils étaient consacrés. De toutes ces devises Sauval ne put se ressouvenir que de celle-ci : c'était un cœur enflammé, placé entre un *alpha* et un *omega*, pour dire sans doute : il brûlera toujours. Le cabinet des bains de la duchesse d'Etampes sert à présent d'écurie à une auberge, qui a retenu le nom de la *Salamandre*. Un chapelier fait la cuisine dans la chambre du *lever* de François Iᵉʳ, et la femme d'un libraire était en couches lorsque j'allai examiner les restes de ce palais. »

La duchesse d'Etampes n'eut d'enfants ni du roi ni de ses autres amants.

Quant à son mari, il n'en faut pas parler : c'était le seigneur de France le moins connu de la duchesse.

M. de Lescure a jugé ainsi la maîtresse de François Iᵉʳ : « C'est la maîtresse ambitieuse, cupide et infidèle. C'est la maîtresse d'un François Iᵉʳ vieilli, usé, blasé, engraissé, engourdi, embourgeoisé, qui n'a plus le superbe diable au corps, la belle folie des années d'Italie, qui revient de prison affamé de jouissances plus que de sentiment, et qui se soucie mieux d'être grand que de le paraître, et d'être aimé que d'être amusé.

Aussi, Mademoiselle d'Heilly, maîtresse présentée, jetée au-devant de ses pas comme une belle esclave exhibée au pacha, ne l'aima-t-elle pas, et s'inquiéta-t-elle plus de le dominer que de l'inspirer, du présent que de l'avenir. Et voilà vraiment le secret de notre indifférence en présence de ce beau visage de la maîtresse sans cœur de la décadence, que les poètes de cour eux-mêmes chantent comme à regret, dont les collections de portraits du temps semblent avoir maudit l'image impopulaire et dont, pour comble de disgrâce, Brantôme ne dit rien. »

VII

UN RIVAL DE FRANÇOIS Ier : CHRISTIAN DE NANÇAY

Un roi peut être trompé. Sa Majesté en souffre, mais les femmes sont toujours les femmes, et le démon reste depuis le paradis terrestre, leur conseiller le plus écouté.

Cette dernière aventure, qui servira d'épilogue au chapitre que j'ai consacré à la duchesse d'Etampes, a pour théâtre le château de Madrid.

Et, à ce sujet, quelques particularités s'imposent sur le goût de François Ier pour la construction des demeures somptueuses.

« Ce monarque, dit un auteur contemporain, était merveilleusement adonné aux bâtiments, de sorte que c'était le plus grand de ses plaisirs, comme il l'a bien montré au nombre de maisons qu'il a fait construire. »

On en compte effectivement plus de douze, que ce prince a fait élever en entier, ou auxquelles il a fait des embellissements considérables.

Le Louvre, qui ne se composait avant son règne, que d'une partie de l'aile de la grosse tour, fut rebâti sur les nouveaux plans de Pierre Lescot.

Le château de Saint-Germain fut rebâti presque d'après toutes les idées du roi.

Le château de Fontainebleau fut l'objet de son affection toute particulière. C'est lui qui le fit, pour ainsi dire, bâtir tel qu'il est à présent.

Amateur de la belle nature, chaque site qui lui offrait un aspect agréable devenait pour lui une occasion de servir ses goûts pour l'architecture.

Ainsi les mémoires du temps nous apprennent qu'il fit construire le château de la Muette, comme lieu de retraite, à cause du silence qui y règne, par la manière dont il est entouré de bois ; que le château de Challuan, en Gâtinais, dut son origine en ce lieu à cause des bois voisins, très abondants en gibier de toute espèce.

Ce fut à un tendre souvenir de reconnaissance amoureuse que le pavillon de Follembray, en Picardie, dut son existence.

François Ier, le modèle des amants, voulut qu'un palais fût élevé aux lieux mêmes de son bonheur.

Des souvenirs du même genre décidèrent la construction des châteaux de Chambord, de Villers-Coterets et de Madrid.

Le château de Madrid, où est situé aujourd'hui le plus aristocratique restaurant du bois de Boulogne, formait un carré long, entouré de fossés, sur lesquels s'élevaient des ponts-levis.

Les eaux de la Seine venaient murmurer au pied de cet antique palais.

Les historiens ne sont pas bien d'accord sur l'origine du nom que François Ier donna à son château du bois de Boulogne.

Les uns prétendent que ce château fût appelé

Madrid, parce qu'il ressemblait au château où le roi de France avait été enfermé lors de sa captivité en Espagne.

D'autres, n'ayant remarqué aucune ressemblance entre le château de François Ier et celui qui lui avait servi de prison, veulent que le nom de Madrid soit venu de ce que le roi, qui y faisait de fréquents voyages, y était caché à l'œil perçant des courtisans comme au temps de sa captivité au-delà des Pyrénées.

Quoi qu'il en soit de ces deux opinions, toujours est-il que le château du bois de Boulogne doit son nom au souvenir qui se rattachait à la captivité et au séjour du roi dans la capitale de Charles-Quint.

** **

La duchesse d'Étampes devait laisser quelques souvenirs dans la royale demeure de Madrid.

Elle ne fut pas toujours fidèle à son royal amant ; elle eut quelques intrigues amoureuses avec de jeunes seigneurs et, parmi ceux-ci, Christian de Nançay ne fut pas le moins aimé de tous.

Au sujet des amours de la duchesse avec Christian, les chroniques contemporaines rapportent une aventure qui faillit leur devenir préjudiciable à tout deux.

Cette aventure eut pour théâtre le château de Madrid.

C'était par un après-midi de l'année 1539. Il y

avait ce jour-là grande chasse au bois de Boulogne.

Le roi y assistait avec toute sa cour.

Neuf heures venaient de sonner au château. Le capitaine des gardes, Christian, comte de Nançay, revêtit sa huque et sa cotte de mailles, courut au poste pour relever ses *piquiers* ; après quoi, montant au château, il pénétra dans les appartements intérieurs, enfila un corridor voûté en arceaux cannelés, avec rosaces et culs-de-lampe et s'arrêta enfin, comme indécis, devant une portière ouvrée soie, brochée or, frangée argent et aux armes du roi.

Christian était riche, beau, bien fait, séduisant de sa personne et *moult habile aux doux parlers d'amour*.

Mais il n'avait que vingt ans, il venait à peine de quitter le pourpoint brodé, aux élégants crevés de satin. Depuis un mois seulement, le roi lui avait octroyé le droit de troquer la toque empanachée du page contre le haubert et le hoqueton du soldat.

Christian, à la vue des armoiries royales qui se trouvaient sur la portière, s'arrêta comme frappé de frayeur.

Ce n'était pas la crainte d'un danger personnel qui lui donnait en ce moment de l'émotion ; c'était la pensée du respect qu'il devait à son maître, respect que le jeune homme était sur le point d'oublier.

Derrière cette porte de draperie, ligne formidable de démarcation, s'ouvrait un appartement, un réduit sacré, un sanctuaire où, seul entre les hommes, François Ier avait le droit de pénétrer.

Et cependant, dans ce lieu mystérieux, à l'heure qu'il était, se trouvait une jeune femme, un ange de beauté, celle que le beau capitaine aimait, comme on aime à vingt ans, avec passion, avec ivresse, avec délire.

On peut quelquefois raisonner avec la tête, mais avec le cœur, jamais !

Christian, vaincu par son amour, oublia tout, devoir, respect, maître et souverain.

Il fit le moins de bruit possible en soulevant la portière et il entra.

L'appartement était petit, circulaire et faiblement éclairé par la lueur mourante d'une lampe d'opale appuyée sur un secrétaire de précieuse marquetterie d'ébène, d'acajou, de nacre et de corail.

Une riche et sombre tenture couvrait la muraille et, de distance en distance, se relevait un éventail, soutenue par une main d'acier poli.

En entrant à gauche, on voyait une belle glace de Venise, aux réflexions fantastiques et au trumeau *mignardisé*.

Au-dessous de cette glace, un moelleux divan, garni de coussins de cachemire et de broderies de perles, invitait au repos, à la méditation ou au plaisir. De chaque côté se trouvaient de hauts fauteuils, à dos droits et plats, à bras tordus et sculptés, à barreaux artistiquement tournés.

Un magnifique lampas se déroulait devant l'unique fenêtre, et sous ce rideau, dans le clair-obscur du ciel, se dessinait le buste gracieux d'une femme.

C'était *elle*, la dame des pensées de Christian.

De Nançay le sentit aux battements de son cœur et telle fut son émotion qu'il resta immobile, n'osant faire un pas de plus, ni aucun geste qui annonçât sa présence.

Il était si heureux de se trouver près d'*elle* qu'il pensait que pour lui il ne pouvait pas y avoir de plus grand bonheur, ni qu'il lui fût même possible d'espérer d'avantage.

La journée avait été d'une chaleur excessive ; on touchait au mois de septembre et la soirée se ressentait des émanations torrides qui s'élevaient de la terre comme un brouillard énervant.

Silencieusement accoudée sur le bord de la fenêtre Anne de Pisseleu, la belle duchesse d'Étampes, la *mie* bien-aimée de François Iᵉʳ, le regard tendu vers la sombre forêt, se reposait, songeant à son noble et féal chevalier, le roi sans doute...

L'atmosphère roulait partout des molécules enivrantes qui portaient dans l'âme la mélancolie et dans tous les sens une irrésistible disposition au plus doux des péchés.

La jeune femme respirait avec délices les brises embaumées du soir.

Mais bientôt une molle langueur s'empara de ses membres ; un désir dont elle craignait de se rendre compte la jeta dans une mer de réflexions sans fin ; puis, indécise, troublée, surprise par la plus douce ivresse, elle ferma la fenêtre et se dirigea vers le cordon d'une sonnette.

Mais en se retournant elle poussa un cri et ses jambes fléchirent sous elle.

Dans une pénombre douteuse, elle venait d'apercevoir un homme aimé.

Christian courut à elle, la releva et la déposa, à demi-morte, sur le moëlleux divan.

— Quelle imprudence, murmura-t-elle, lorsque revenue à elle au son de la voix du capitaine, elle reconnut le hardi visiteur.

— Vous voir et vous entendre, répliqua avec passion le jeune homme, n'est-ce pas un bonheur qu'on ne peut assez payer ?

— Mais le roi...

— Il est encore au bois ; la chasse s'est éloignée à courir le cerf et ne doit pas être de retour avant dix heures.

— Quelle imprudence ! répéta la jolie duchesse ; venir ainsi mystérieusement, sans me prévenir...

— Je vous aime aujourd'hui plus que jamais et j'étais tourmenté par le désir de vous le manifester.

— Est-ce bien vrai, Christian : m'aimez-vous comme vous me le dites ?

— Si je vous aime ! dit Christian en saisissant la main de son amante, qu'il couvre de baisers. Quelle preuve voulez-vous que je vous en donne ?

— La plus grande preuve que vous puissiez m'en donner, c'est votre discrétion.

— Mon amour ! c'est ce que j'ai de plus cher au monde ! Comment pourrais-je trahir le secret de mon bonheur ?

— Et cependant, votre témérité d'aujourd'hui...

— Je n'ai pas été téméraire : je suis certain que le roi est loin du château et qu'il ne reviendra que dans deux heures.

— Mais qui vous a si bien instruit ?

— Le comte de Saint-Pol revenu de la chasse il y a quelques instants.

La duchesse sonna : une femme parut et, sur un geste de sa belle maîtresse, elle alla se placer aux aguets à l'œil-de-bœuf d'un cabinet voisin.

A peine une demi-heure s'était-elle écoulée qu'une grande rumeur se fit entendre dans le château.

Les francs archers se rangeaient en bataille et le sire de Verneuil, lieutenant du roi, arrivait au galop d'un fringant coursier.

La sentinelle de la duchesse s'était endormie ; le bruit que font les hommes d'armes la réveillent ; elle court effrayée avertir la duchesse.

— Madame, Madame, cria-t-elle, Sa Majesté est là !

La belle duchesse, après avoir goûté les douces émotions d'un amour partagé, n'avait pu résister à l'influence d'une atmosphère orageuse et s'était aussi laissée aller aux pressantes invitations du sommeil.

Sur ses genoux reposait la tête de Christian de Nançay.

Il n'y avait pas un instant à perdre. On entendait dans la cour les hennissements des chevaux et les aboiements des chiens.

Les deux coupables voulurent fuir, mais il n'était déjà plus temps.

Impatient de revoir sa *mie fidèle*, François Iᵉʳ, sautant à bas de son destrier, était entré au château, tout botté, tout crotté, et se dirigeait vers le boudoir de la duchesse qu'il avait hâte d'embrasser.

Déjà on entendait résonner ses éperons, il arrivait devant la portière fatale, il allait la soulever...

La duchesse éperdue, tremblante, s'est levée.

Le capitaine est résigné.

Le roi paraît, deux pages le suivent en portant des flambeaux.

A la vue de Christian, la colère empourpre son visage et, néanmoins, il réprime son indignation et se contient.

De Nançay est debout, humble, soumis. A côté de lui, une femme, à genoux, baisse la tête et joint les mains comme une Madeleine repentante.

— Vous ici, Monsieur ! dit sévèrement le roi.

Christian s'incline sans répondre.

— Et... continua François Iᵉʳ... cette femme... qu'elle se lève !

Celle-ci obéit.

— Une suivante de la duchesse d'Étampes ! s'écria le roi. A merveille, capitaine. Je vous fais mon prisonnier. Holà ! des gardes !

Christian tira modestement son épée et vint la déposer respectueusement aux pieds du roi.

Les gardes l'emmenèrent.

Un mois après cet événement, François Iᵉʳ se rendit à la prison de Christian.

— Capitaine, lui dit-il, aux prières et à la puissante sollicitation de la belle duchesse d'Étampes qui, dans sa mansuétude, veut bien oublier l'outrage que vous lui avez fait en entretenant une intrigue avec une de ses suivantes, en poussant même la hardiesse jusqu'à venir en son absence consommer votre crime jusque dans ses appartements, nous voulons bien vous pardonner. Dès aujourd'hui, vous êtes libre, mais que la leçon vous serve de profit. Voici votre épée !

Christian de Nançay sortit en promettant de ne plus entretenir d'intrigues avec la *suivante* de la jolie duchesse d'Étampes.

** **

LA BELLE FERRONNIÈRE

Puisque nous sommes au Château de Madrid, c'est le moment de parler de la belle Ferronnière qui y résida pendant la durée de ses amours avec François Ier.

« Un front élevé, dit Saint-Edme, des yeux parfaitement fendus, vifs et doux ; un regard plein de dignité ; un nez bien pris, peut-être un peu long ; une bouche mignonne ; des lèvres bien dessinées ; un tour de visage aimable ; un teint d'un blancheur éclatante : voilà de quoi justifier l'épithète qui accompagne toujours le nom de Ferronnière. Et si quelqu'un m'accusait ici d'exagération, il pourrait se convaincre en allant voir son portrait original, au

Musée, de l'exactitude de celui qui je viens de tracer... »

Un jour que François Ier se promenait dans les rues de Paris, sous le voile d'un déguisement, il aperçut dans le quartier de la Ferronnerie, sur la porte d'un marchand de fer, la jolie personne dont nous venons de donner le portrait.

Saisi d'une subite émotion à la vue de tant de beauté, il s'arrête et ne peut détacher son regard de l'objet qui cause son admiration.

Aussitôt, il donne ordre au seigneur qui l'accompagne de bien examiner la maison de la belle bourgeoise, et de venir enlever de gré ou de force celle qu'il voulait bien honorer de son amour.

Les ordres du roi furent ponctuellement exécutés. Le confident de François Ier revint bientôt sur ses pas, entra dans la maison qu'il avait remarquée et fut mis aussitôt en présence de la belle Ferronnière.

Avant de l'enlever de vive force, il voulut employer les moyens pacifiques.

Après avoir fait l'éloge de sa beauté, il lui dit que la reine avait eu occasion de remarquer sa figure enchanteresse et qu'elle désirait voir de plus près une aussi jolie personne.

La belle bourgeoise ne peut croire ce qu'elle entend ; elle refuse d'abord, en s'excusant sur sa timidité et son peu de mérite ; mais pressée vivement par les instances du courtisan qui cherche à la rassurer, elle consent enfin à être conduite au Louvre, devant la reine.

Il fallait assez de candeur pour ne rien comprendre
à la situation.

Le seigneur l'invita aussitôt à monter en croupe
sur son cheval.

La charmante bourgeoise, après avoir fait quelques difficultés à cause de l'absence de son mari,
accepte encore cette seconde proposition, et la voilà
en route, non pour le Louvre, mais pour le Château
de Madrid.

C'était dans la résidence du bois de Boulogne que
le monarque voulait recevoir et garder celle dont les
attraits avaient su le captiver.

La belle Ferronnière, que son compagnon condui-
sait avec toute la célérité possible, s'aperçut bientôt
que ce n'était pas au Louvre qu'on la menait, mais
bien hors la ville.

En voyant la porte que son conducteur allait prendre pour sortir de Paris, elle se mit à pleurer, à se
lamenter et à crier : « Au secours ! »

A ses cris et à ses gémissements, les soldats du
guet sortent de leur poste ; ils s'empressent de prendre les armes et veulent arrêter le peu galant cava-
lier.

Celui-ci, sans se laisser intimider, pique violem-
ment son coursier de ses éperons, et de son fouet
repousse les soldats qui veulent le retenir par ses
habits.

Le cheval, se sentant vivement piqué, se fait jour
au travers des assaillants, renversant ceux qui se

trouvent sur son passage, et vole avec la rapidité de l'éclair sur la route de Madrid.

Un instant après, la belle Ferronnière se trouvait en présence de François Ier.

L'histoire ne dit pas si la rencontre du prince lui parut moins agréable que celle de la Reine, qu'elle espérait d'abord.

Toujours est-il qu'elle se consola de son changement de position, au point de se plaire en captivité.

Trois mois après son enlèvement, elle reçut l'ordre de retourner chez elle, mais elle supplia tant le roi de ne pas l'abandonner complètement que le prince lui permit, selon ses vœux, de venir de temps en temps au bois de Boulogne et de se présenter au château.

La jolie bourgeoise se garda bien de raconter à son mari ce qui venait d'arriver.

Elle dit que la reine avait voulu la voir et la garder, et qu'elle n'avait pu se refuser à satisfaire un désir si flatteur.

Mais le mari n'était pas assez sot pour croire à de pareilles inventions.

Il surveilla sa femme, la suivit au bois de Boulogne et fut convaincu de toute l'étendue de son malheur.

Il voulut se venger à sa manière.

« Désespéré, dit Mezerai, d'un outrage que les gens de cour n'appellent que galanterie, il s'avisa méchamment d'aller dans un mauvais lieu s'infecter lui-même pour infecter sa femme, et ainsi faire passer sa vengeance jusqu'à celui qui lui avait ôté l'honneur ».

François Ier ne parvint pas à guérir de cette funeste maladie.

On le vit bientôt tomber en langueur, et on l'entendit quelquefois répéter :

« Dieu me punit par où j'ai péché. »

VIII

L'AMOUREUSE IDÉALE : CHIMÈNE DE L'INFANTADO

Tous les écrivains qui se sont exercés sur le règne et qui ont conté les amours de François Ier ont encore cité, parmi les maîtresses royales, trois femmes dont je dois entretenir le lecteur.

L'une est la demoiselle Cureau, l'autre est connue sous le nom de Chimène de l'Infantado, la troisième est la mère de Villecousin, qu'on a appelé le bâtard par excellence.

La demoiselle Cureau, née à Orléans, a-t-elle eu réellement des relations avec François Ier, avant l'avènement de ce prince à la couronne ?

Le fait est douteux. On pourrait même le regarder comme faux, si l'on ne le fondait que sur la naissance du malheureux Etienne Dolet, que quelques savants se sont obstinés à reconnaître pour le fils de cette femme et du jeune duc d'Angoulême.

Il n'y a dans cette supposition qu'une petite difficulté : c'est qu'il n'est guère vraisemblable que François Ier, né en 1494, puisse être le père d'Etienne Dolet, né en 1509.

Il est encore moins vraisemblable que le roi, s'il avait seulement soupçonné les liens qui l'unissaient à Dolet, et comment eût-il pu les ignorer ! l'eût laissé en 1546 finir d'une façon aussi tragique.

Tout le monde sait que cet infortuné fut brûlé pour cause de luthérianisme et d'athéisme, causes qui semblent d'abord incompatibles aux yeux de la raison, mais que les doctes de l'époque accordèrent parfaitement ensemble.

On dit que, comme il allait au supplice, il crut voir le peuple sensible à son malheur, et fit ce vers :

Non Dolet ipse dolet, sed pia turba dolet

(Dolet ne se plaint pas lui-même, mais la foule pieuse le plaint).

Vers que l'ecclésiastique qui l'accompagnait retourna immédiatement de la manière suivante :

Non pia turba dolet, sed Dolet ipse dolet.

(La foule pieuse ne plaint pas Dolet, mais Dolet se plaint lui-même).

Il est juste de dire que François Ier fit grâce à Dolet d'une première condamnation, mais que l'imprudence de celui-ci rendit ce bienfait inutile, en le faisant tomber dans son péché d'habitude, critique des abus et une haine trop prononcée pour les moines.

Cette clémence du roi peut être attribuée au souvenir qu'il avait sans doute conservé de ses anciennes relations avec la mère de Dolet, mais la mort de celui-ci prouve de reste que François Ier ne se regardait pas comme le père de cette victime du fanatisme.

En admettant donc la réalité des relations du prince avec la demoiselle Cureau, il ne paraît pas qu'elles aient été de longue durée; mais en cette circonstance, la légèreté de cette femme l'aurait emporté sur celle de François Ier lui-même qui, justement dégoûté, se serait promptement décidé à abandonner la place aux nombreux rivaux qu'on lui donnait. On ne sait rien de plus sur mademoiselle Cureau.

C'est à M. de Lescure qu'il faut emprunter les éléments d'une notice sur Chimène de l'Infantado, celle que l'on a appelé la maîtresse de prison.

Comme un médaillon humble et pieux qui se cache dans les rayonnements des portraits où l'or étincelle, où chatoient le velours et les brocards, qui rappellent des alliances illustres ou glorifient des histoires fameuses, il faut, entre les effigies des maîtresses triomphantes, glisser un pur et fier profil d'amante immaculée.

Parmi les femmes au front ceint du diadème, parmi les bouches souriantes et les éclatantes épaules

il faut faire une place modeste à la touchante, à l'in-
génue, à la superbe demoiselle espagnole gagnée à
l'amour par la pitié, et dont le souvenir, doux comme
un parfum de violette, embauma plus que les roses
des courtisanes royales, cet unique épisode de la prison d'un chevalier couronné.

La voyez-vous passer, sortant de l'église, son mis-
sel à la main, pâle, grave, mélancolique, vêtue de
noir, portant d'avance le deuil de ses candides illu-
sions et de ses chastes espérances.

Ah ! celle-là ne coûtera pas un remords à François Iᵉʳ, pas un écu à la France.

Celle-là mourra sans dire son secret, et elle consa-
crera à Dieu la vie qu'elle ne peut vouer au roi.

Libre, heureux, époux d'une infante, quel besoin
peut-il avoir d'elle ? Elle l'a consolé tant qu'il était
malheureux. Cela lui suffit.

Admirable femme que celle qui, après avoir consolé un roi captif, après en avoir été chastement
possédée, est assez pure pour s'offrir à Dieu.

Admirable passion que celle-là, qui finit par une
prise de voile.

Donc, une place entre la comtesse de Châteaubriant et la duchesse d'Etampes à cette inoffensive
rivale des mauvais jours qui, dans le roi, n'aura que
le captif et le malheureux, leur laissant le victo-
rieux, le triomphant, le superbe, le François Iᵉʳ de
Marignan et de Fontainebleau, et gardant pour elle
le François Iᵉʳ de Madrid, éperdu de solitude et
affamé d'espérance.

LA BELLE
FERRONNIÈRE

Et au milieu du récit profane de la grandeur et de la décadence de ces reines de la main gauche qui usurpèrent sur des reines délaissées l'éclat du trône, respirons le parfum de cette passion consolatrice qui a poussé comme une fleur de prison au bord du cachot de François Ier, et dont le roi, devenu libre, a écrasé insoucieusement, en franchissant le seuil, la couronne languissante pleine d'une odeur mystique.

Nous ne connaissons pas de maîtresses italiennes de François Ier, et nous ne pensons pas du tout, d'accord en cela avec le savant auteur de la *Captivité de François Ier*, Champollion-Figeac, qu'il ait fait la campagne d'Italie, qui lui coûta la liberté, pour voir de plus près la signora Clerice, dont Bonnivet l'avait alléché.

Michelet le montre « s'établissant durant quatre mois en grande patience, tantôt logeant agréablement dans une bonne abbaye lombarde, tantôt à Mirabella, ancienne ville des ducs de Milan, au milieu d'un grand parc. »

Il le peint s'amusant, dormant, faisant l'amour, mais il ne dit pas avec qui. Il est plus explicite avec la passion espagnole qui lui semble digne de l'histoire.

Racontant les marques d'enthousiaste piété, de compatissante admiration, qui dédommagèrent le roi de la parcimonieuse et tenace sévérité de Charles-Quint, l'empereur-geôlier, et vengèrent le chevalier vaincu de la félonie triomphante d'un Bourbon, Michelet a écrit :

« Nul pays ne se déclarait pour lui plus vivement
que l'Espagne. Dès son arrivée, en juin, tout le pays
de Valence s'était précipité pour le voir. Le peuple
du Cid et d'Amadis courait avidement voir un héros
vivant. Les femmes en raffolaient. Une fille du duc
de l'Infantado, dona Ximena, déclara que ne pouvant
épouser le roi de France, elle n'aurait jamais d'autre
époux et se fit religieuse. »

Et maintenant, voici le récit et l'opinion de l'historien Gaillard. Nous serons, contre lui, de l'avis de
la poésie contre la prose, du roman contre l'histoire.

Si l'amour de Chimène de l'Infantado pour François Iᵉʳ, prisonnier, n'est qu'une fiction, c'est une fiction traditionnelle et légendaire.

Elle a incontestablement son fondement dans une
réalité peut-être exagérée.

Enfin, elle fait à la fois honneur au roi et à celle
qui fut, sans péché, son innocente maîtresse.

A tous ces titres, nous sommes aussi crédules pour
l'histoire de l'amour de la belle Espagnole que nous
sommes sceptiques pour l'assassinat de la comtesse
de Châteaubriant.

L'une est un mensonge auquel nous répugnons à
croire, l'autre, si elle est une illusion, est une illusion que nous ne voulons pas perdre.

Peut-être nous attire-t-elle cette pure et touchante
histoire, comme la campagne et le ciel, et la petite
église, tentent, au sortir d'une orgie, le débauché
repentant et solitaire.

Les romanciers, dit donc Gaillard, ont donné à

François Ier, pour amuser son loisir, en Espagne, une maîtresse, nommée Chimène de l'Infantado, fille naïve, tendre, dont le caractère est piquant et ingénieusement dessiné.

Libre par simplicité, sage par principe, elle aime son amant, elle le lui dit et il n'en est pas plus heureux.

Elle lui donne des rendez-vous, sans que sa vertu en reçoive la moindre atteinte.

Elle afflige le prince par un refus, elle le console par sa tendresse, elle lui fait le sacrifice de sa réputation, elle ne se réserve que sa conscience et son devoir.

Le roi tombe dangereusement malade. L'auteur du roman attribue bien moins cette maladie à l'ennui de la captivité, qui devait lui plaire avec Chimène, qu'à l'idée douloureuse qu'il était peu aimé, puisque Chimène lui résistait ; elle faisait plus, elle le pressait d'épouser la reine du Portugal, pour obtenir la paix et la liberté.

Le roi succombe au chagrin et semble renoncer à la vie.

La première fois que Chimène put le voir après son danger :

« Cher prince, lui dit-elle en fondant en larmes, vous vouliez donc mourir ? Avez-vous donc cru mourir seul ? Avez-vous pu penser que Chimène ne vous suivît pas ? »

Mais, en même temps, elle redoubla d'instances pour le déterminer à épouser la reine du Portugal ;

elle exigea de lui cet effort au nom de l'amour même ; elle lui rappela sa gloire, son devoir, la nécessité de donner la paix à ses sujets, de se redonner lui-même à eux.

Le roi se rendit à ces raisons, il fut entraîné par l'ascendant de ce généreux et inconcevable amour : il donna la main à la reine de Portugal.

Au milieu de la cérémonie, ses yeux cherchent partout Chimène et ne la rencontrent pas.

En sortant, il reçoit d'elle un billet :

« Vous avez fait ce que vous deviez faire : j'ai dû vous y exhorter, je ne dois plus vous voir. »

Elle s'était retirée dans un couvent ; le roi court à la grille, Chimène refuse d'y paraître ; elle consomme son sacrifice, et l'auteur du roman, pour excuser l'infidélité que François Ier fit bientôt après à cette amante magnanime, suppose qu'il en retrouve tous les traits dans la jeune de Heilly, future duchesse d'Etampes.

Ce roman a pour titre : *Histoire de Marguerite de Valois, reine de Navarre, sœur de François Ier.*

Gaillard voit le fondement de cette fiction dans l'amour platonique pour Louis XII de la belle et prude Thomassine Spinola, que la fausse nouvelle de la mort de son royal *intendio* tue raide en 1504, et dont nous avons conté l'histoire au premier chapitre de ce livre.

Quant à nous, nous pensons plutôt qu'il y a là le témoignage exagéré, dramatisé, de la vive impression que François Ier fit sur les femmes espagnoles.

Qu'une d'elles, frappée au cœur, ait porté dans le cloître une blessure inavouée, il n'y a là rien que de très plausible.

Une des dernières maîtresses de François Ier, peut-être la dernière, fut la grande dame inconnue, dont il eut un bâtard, nommé de Villecouvin.

Personne n'a écrit sur la mère ; quant à ce Ville-couvin, à cet obscur enfant de France, à qui le roi donna l'existence dans une minute de caprice et d'oubli, et qu'il oublia sans doute après lui avoir fait un sort dans une autre minute de générosité, son caractère extravagant et aventureux a dû lui assurer une existence des plus accidentées, à travers laquelle nous ne le suivrons pas.

Pour en finir avec François Ier et son *caractère chevaleresque*, écoutons Brantôme une dernière fois :

« J'ai entendu dire que le roi François voulut aller coucher avec une dame de sa cour. Il trouva son mari l'épée au poing ; mais le roi lui porta la sienne à la gorge, et lui commanda sur sa vie de ne lui faire aucun mal, et que, s'il lui faisait la moindre chose du monde, il lui ferait trancher la tête ; et, pour cette nuit, l'envoya dehors et prit sa place. J'ai ouï dire qu'il posséda plusieurs autres dames dans les mêmes conditions. »

Et voilà le prince pour lequel les panégyristes n'ont jamais eu assez d'éloges, le prince que l'on a appelé le roi-chevalier !

Si tels sont ces rois-chevaliers, le ciel en préserve les maris !

XI

LA COUR DE FRANÇOIS Iᵉʳ

LE JUGEMENT DE L'HISTOIRE

En remontant au commencement du règne de François Iᵉʳ, nous devons faire remarquer que le jeune roi désira réunir autour de sa personne un nombre considérable de grands officiers.

Son dessein était de rompre avec les traditions et de commencer en quelque sorte une royauté nouvelle.

Avant lui, nos rois vivaient dans une majestueuse retraite.

La noblesse elle-même ne les approchait qu'à de rares intervalles.

François Iᵉʳ créa la cour et la fit à son image. Il était aimable, enjoué, peu scrupuleux du côté des mœurs : telle fut la cour.

Il avait la passion des plaisirs et du luxe, des fêtes, des grandes dépenses : elle partagea cette passion.

Il voulait être ou paraître lettré, grand ami des arts, non moins zélé partisan des sciences : les savants, les artistes, les beaux esprits, arrivèrent de toutes parts à sa cour, même des plus lointaines régions.

Il était brave, envieux de prouesses : tous les gentilshommes de son entourage s'efforcèrent de mériter

ses bonnes grâces en recherchant les entreprises pé-
rilleuses.

Il faisait grand état de l'honneur qu'il regardait
comme l'unique fondement de la morale civile; ce
fut une opinion professée par tous ses courtisans.

En toutes choses, par les bons et mauvais côtés la
cour lui ressembla.

François Ier, dominé par ses maîtresses, domina
ses courtisans. Il les traitait familièrement avec une
hauteur toujours affable, si ce n'est dans ses mauvais
jours.

La prudence conseillait alors de l'éviter, car il avait
l'abord très rude et déconcertait les plus honnêtes
gens et ses meilleurs amis par de véhémentes incar-
tades.

Mais ceux qu'il ménageait le moins, dans ces occasions, c'étaient les gens de longue robe, ces mes-
sieurs du Parlement.

Ils l'apprirent bien lorsqu'ils se montrèrent si diffi-
ciles sur l'article du concordat.

C'était leur méthode, lorsqu'ils ne voulaient pas en-
registrer un édit, d'envoyer des ambassadeurs, de
présenter des remontrances, de délibérer sur les in-
cidents et d'ajourner une conclusion.

Ainsi voulurent-ils traiter l'affaire du Concordat.

Leurs députés étant arrivés à Amboise, où se trouvait le roi, celui-ci ne les reçut que pour leur dire :

— Je suis le roi ; je veux être obéi. Portez demain
mes ordres à mon Parlement de Paris.

Ils se retirèrent mais, pour ne pas partir, ils allé-

guèrent la mauvaise saison, les débordements de la
Loire, etc., etc.

« Si demain, dit le roi, avant six heures, ils ne sont
pas hors d'Amboise, j'enverrai des archers les prendre et les jeter dans un cachot pour six mois. »

Il avait ordinairement plus d'égards pour les moin-
dres gentilshommes.

Sous François Ier les recettes de la couronne étaient
d'environ 5.600.000 livres.

Eh bien ! les dépenses de la cour absorbaient plus
du tiers de cette somme.

La maison du roi se composait de deux cents gentilshommes, de cent suisses, de quatre cents archers,
de divers officiers, des pages et de la vénerie.

La dépense de ce chapitre allait à 1.500.000 livres.

Pour ses menus plaisirs, le roi portait à sa dépense
ordinaire 30.000 livres.

Mais l'extraordinaire allait bien au delà. François
aimait à donner et donnait sous toutes les formes, en
public et en secret, surtout aux dames de la cour.

Sa dépense annuelle en diamants, en bijoux d'or,
s'élevait toujours à un chiffre énorme. « En ces choses,
dit un chroniqueur contemporain, il n'avait aucune
mesure. »

A cette somme d'environ 1.530.000 livres, il convient
d'ajouter les dépenses de la maison de la reine, des
princes et des princesses, l'entretien des bâtiments
royaux, les frais des tournois, des banquets, des
voyages. Le tout dépassait assurément deux millions.

USE
IDEAL
Douhin

Et nous avons pris ces chiffres dans les statistiques les plus modérées.

Marino Ginstiniano, ambassadeur de Venise, écrivait à son gouvernement en 1535 :

« Non seulement le roi très chrétien est fort par les armes : il l'est encore par l'argent et le dévouement de son peuple. Il peut augmenter les tailles à plaisir. Plus ses peuples sont grevés et plus ils paient gaiement. »

Cependant, François Ier éprouva lui-même que le dévouement de ce bon peuple est limité comme ses ressources.

Après avoir puisé trop souvent dans la bourse des bourgeois, il n'y trouva plus rien.

Nous avons dit que François Ier était le plus infatigable constructeur de palais.

L'Italie, qui avait fourni des architectes, fut priée d'envoyer ses peintres et ses sculpteurs.

De Florence vint le Rosso, peintre habile, musicien plein de goût, poète plein d'esprit.

Il arrivait à la tête d'une légion de sculpteurs et de peintres qui s'étaient engagés à travailler sous ses ordres : Lucca Penori, Nicolas Bellini, Bartolommeo Miniati, Pellegrino, Lorenzo Naldini, etc., etc.

Puis vinrent le Bolonais Primatice et le Florentin Benvenuto Cellini, les plus illustres représentants de l'art à une merveilleuse époque d'inspiration et de renaissance.

Telle fut la cour de François Ier : de brillants gentilshommes, de belles et *honnestes* dames et de grands artistes.

Cette cour eut toutes les vertus et tous les vices du prince.

Brantôme n'en vit guère que les beaux côtés et Corneille Agrippa que les laids.

En somme, les lois de la morale condamnent les mœurs relâchées de François Ier, et nous devons souscrire à cette sentence.

Cependant les jugements de l'histoire ne seraient-ils pas trop sévères si beaucoup de vertus ne faisaient pas oublier quelques vices, et si les fautes personnelles des rois n'étaient pas atténuées ou amnistiées par les grands résultats de leur règne ?

La cour de François Ier ne fut pas une école de mœurs ; mais elle fut peut-être la dernière cour de chevalerie, et elle fut certainement la première en France qui méritât de rivaliser avec celle de Léon X.

Ce même roi que nous venons de voir si galant et si occupé de plaisir, savait payer de sa personne sur le champ de bataille, et même, s'il avait un défaut, c'était celui que les Français pardonnent le plus volontiers, la témérité dans le péril.

Il fut vaincu à Pavie ; mais si la renommée du général en souffrit, celle de chevalier resta pure. Il combattit en héros et fut pris les armes à la main. Traîné à Madrid, enfermé dans une prison, presque dans un cachot, puisqu'on ne laissa au roi de France que douze pieds carrés pour se mouvoir, ce prince si magnifique, qui prodiguait les trésors pour ses plaisirs, et qui avait la splendeur d'un roi et le goût d'un poète, sut se plier à son sort et supporter en homme la mauvaise fortune.

C'était une âme fièrement trempée, que ne purent énerver ni la cour avec ses délices, ni la captivité.

Ce nom du *roi chevalier* lui est resté dans la mémoire du peuple.

Ce nom seul, dit l'auteur de *François Ier et sa cour*, rappelle la loyauté, l'audace et la galanterie.

Ces mots qu'il écrivit sur le champ de bataille de Pavie : « Madame, tout est perdu, sauf l'honneur » ; ces mots si souvent répétés, si populaires, si dignes d'un héros, peignent son âme tout entière.

Magnifique, téméraire, intrépide, sous des apparences si différentes, il est le même au fond à Pavie qu'à Fontainebleau.

L'histoire lui donne aussi un autre nom : c'est celui de père des lettres.

François Ier a laissé sa trace dans les archives de notre bibliothèque Nationale ; c'est lui qui a créé le Collège de France.

Il a fait plus que d'enrichir de ses dons les lettres et les lettrés.

Il a connu, il a aimé les savants et les poètes ; il s'est plu à vivre au milieu d'eux, à lutter, à discuter avec eux.

Il a fait chercher les plus grands artistes jusqu'en Italie ; il a protégé ceux que la France lui fournissait ;

il a peuplé ses nombreux palais de leurs chefs-d'œuvre.

Tout un art nouveau est né sous son influence, ou du moins il a transporté, naturalisé dans notre pays ce goût si noble et si pur qui, pendant le seizième siècle a accompli de si grandes choses.